写在历史边上

朱首彦 著

在历史的大课堂上，你我都是旁听生。

合肥工业大学出版社

图书在版编目(CIP)数据

写在历史边上/朱首彦著．—合肥：合肥工业大学出版社，2021.4
ISBN 978-7-5650-5336-8

Ⅰ.①写…　Ⅱ.①朱…　Ⅲ.①散文集—中国—当代　Ⅳ.①I267

中国版本图书馆 CIP 数据核字(2021)第 059252 号

写在历史边上

XIE ZAI LISHI BIAN SHANG

朱首彦　著　　　　责任编辑　疏利民

出　版	合肥工业大学出版社	版　次	2021 年 4 月第 1 版
地　址	合肥市屯溪路 193 号	印　次	2021 年 4 月第 1 次印刷
邮　编	230009	开　本	880 毫米×1230 毫米　1/32
电　话	理工编辑部：0551-62903018	印　张	8.375
	市场营销部：0551-62903198	字　数	161 千字
网　址	www.hfutpress.com.cn	印　刷	安徽联众印刷有限公司
E-mail	hfutpress@163.com	发　行	全国新华书店

ISBN 978-7-5650-5336-8　　　　定价：42.00 元

序

历史边上的边上

沈喜阳

我向来以为，历史是两类人写的。一类是创造历史的人，如尧舜文武、秦皇汉武；一类是记录历史的人，如司马迁、司马光。前者是历史的创造者，后者是历史的记录者。没有历史的创造者，记录者会因无事可做而浪费才情；没有历史的记录者，创造者的丰功伟绩也会烟消云散。归根到底，历史是创造者和记录者合写的，他们都是历史的书写者。

当孔子作《春秋》时，他的身份还只是历史的记录者。但当司马迁在《史记》中作《孔子世家》时，司马迁已经暗中完成了对孔子身份的置换，即孔子不仅是历史的记录者，孔子也是历史的创造者。司马迁对这个身份置换有着高度的自觉。他的《史记》压轴之作赫然是《太史公自序》，他竟然把自己写进了历史！司马迁一定认为，历史的记录者也就是历史的创造者，孔子的价值不低于尧舜文武，他自己的价值也绝不逊于秦皇汉武！令人惊奇的是，司马迁的自觉竟然得到了另一个历史记录者班固的承认，并且是高度承认。在《汉书》中，有多少叱咤风云的文臣武将只能与他人合成一卷，成为合传的一分子；而班固在《汉书》中却为司马迁单列一卷，即独立成章的《司马迁传》。《汉书》不是官修史书，但是班固撰写《汉书》，得到皇帝的许可，因此班固的看法，亦即官方的认知。也就是说，历史的记录者也是历史的创造者，这一司马迁的个人偏见已经成为社会的共识。至于范晔在《后汉书》中为班固作传，更可见这一理念已经深入人心了。

我想，也许正是认识到历史书写的意义重大，朱首彦先生才会把他的读史心得谦称为“写在历史边上”。言下之意他不是在书写历史，而是在历史这本大书的天头地脚写点眉批脚注。往小里说，是历史的批注者；往大里说，是历史的解释者。创造历史和记录历史，都是站在历史的维度；而注解历史，当然首先要有历史的维度，否则即是无源之水无本之木；但必然的，更要有现实的维度，此即克罗齐所说的“一切历史都是当代史”。有了现实维度，历史才是跟我们息息相关的现实的事情，而不再是与我们不相关联的别人的陈年旧事。正是在阅读《写在历史边上》这本书的过程中，我逐渐认识到，未来某一天，人们必将认识到，历史的注解者，与历史的创造者和历史的记录者必具有同等之重要。这是我的“个人偏见”，当然有待历史来检验。

作者自己说他注解历史的方式是：“以故事看人物，以人物说历史，以历史晓文化，以文化察人性。”这几句话已把作者著作本书的特点挑明挑亮，所谓“崔颢题诗在上头”，我想饶舌竟无从说起。我只能虚晃一枪，敲敲边鼓。我认为作者的注解历史，可用八个字加以概括，即“食古而化，与古为新”。作者的“食古而化，与古为新”，既体现在史实理解上，也体现在语文运用上。我说作者的“食古而化、与古为新”体现在语文运用上，这在书中俯拾皆是，令读者悠然会心欣然捧腹。我仅抄《彪悍的武则天不需要解释》的一段为例：“偌大一个唐帝国集团的日常文档堆起来有一人多高，摆到董事长李治面前，他傻了，他根本没有能力应对。没关系，再叫董事长办公室一号秘书小武来。小武处理起国家大事同样游刃有余。于是她直接升任唐帝国集团的CEO。”此类与古为新的文字不胜枚举，且留待读者自己去鉴赏。

在讲述三朝太子师李纲的命运时，作者总结说，“历经三朝，李纲的故事很奇特；身处帝国时代，李纲的遭遇其实很普遍”。说李纲奇特，是因为他立身刚正，慷慨有志节，每以忠义自许，所以被三位皇帝聘为太子师。按说这三位皇帝皆非等闲之辈，头两位分别是隋唐的开国之君隋文帝杨坚和唐高祖李渊，一位是开创贞观之治的唐太宗李世民，但是李纲所教导的三位太子皆没有好下场，一死两废。为什么说李纲的遭遇很普遍？其原因正在于他“身处帝国时代”。帝国时代是一个专制的时代，在专制统治下，一切都是为了巩固帝王的专制统治而存在。太子师是一个荣誉虚衔，只是为了彰显帝国的风范而设，而不是为了太子的实际成才而设；所以只要帝国专制统治的本质不变，李纲们的命运就不会改变，其作为摆设的命运也就显得非常稀松平常了。这正是作者把太子师比作“橡皮图章”的原因。在讨论《父皇的烦恼》时，作者说：“皇家历来没有亲情。所谓父皇的烦恼，不过是权力的烦恼。因为帝国体制的死结，所以这烦恼解不开，甩不掉，没尽头，有血无情，欲哭无泪。”读这一段，我仿佛看见作者拿着锋利的解剖刀，对着专制皇权，剥下了帝国体制冠冕堂皇的表皮，把专制统治内在的肮脏丑恶残酷血淋淋地展示给我们看。作者的这种冷峻无情，反而正是对历史对人性对文化充满深情的体现。正是皇权异化了人性，掏空了亲情，帝国的专制体制必然要求其每一个齿轮都不可能有正常的人性和人情，尤其是处于权力巅峰的皇帝本身和觊觎皇位的皇子们。在他们身上，帝国体制注定了权位和亲情势不能两存。因此父皇和皇子之间，皇家叔伯兄弟之间，只有权位的争夺，没有亲情的温暖。再如作者解读岳飞之必须死和冤屈之必须被昭雪，都是为了巩固帝王的专制统治，这种深刻揭示令人心惊也令人警醒；又如作者解读汤和之“自黑”和杨信之“装哑”，这两者都是一种高明的伪装，证明了当事人自己对帝王专制统治本质的深刻认知，也凸显了作者注解历史入乎其中出乎其外的史识。从作者的这些历史解读中，我们可以探究作者“食古而化、与古为新”的本领。这就是俞大维称赞陈寅恪的“在历史中寻求历史的教训”，也就是陈寅恪自己所说的“在史中求史识”。

古人说，读其书，想见其为人。《写在历史边上》的作者是何许人也？根据作者在本书《那些神一般的名字》中对古人名字中“彦”的考证，既然“首者第一”，“美士曰彦”，那么朱首彦兄如果生在五百年前的大明朝，他就是朱明王朝的第一俊彦美士了！而根据我对首彦兄的观察和了解，他身材高大颀长，学识富庶精深，行文有将帅之风，那又是推脱都推脱不掉的“高富帅”了。我这个说法也不算题外话，因为朱兄在书中考证了从秦始皇到乾隆帝等十来位“皇帝的颜值”，为历史的创造者们加了一条长长的注释；而我的观察是近距离的，也是秉笔直书的，比某些历史的记录者们动辄对帝王的长相加以描述的“日角龙颜”“尧眉舜目”要准确得多。

按照钱锺书默存先生俏皮的说法，人生是一部大书，他阅读人生这本书，写了一本名叫《写在人生边上》的散文集，又出了一本《人生边上的边上》。我本来应该略有创意地把这篇读后感言叫作“略谈历史的创造者、记录者和注解者”。但是为了向钱先生致敬，我只能照猫画虎，不妨说记录历史是写在创造历史的边上，注解历史又是写在记录历史的边上；朱首彦先生对历史的注解是“写在历史边上”，我这篇读后感想当然就是“历史边上的边上”了。

2020年12月12日写于淝上蜀望楼

作者简介

沈喜阳，曾任出版社编辑，副编审职称，所责编图书获第四届中国出版政府奖、第四届和第六届中华优秀出版物奖图书提名奖，并获全国“2014年度优秀审读报告评选”优秀奖。现为华东师范大学2018级中国古代文学专业博士生，获得2018—2019年度教育部博士研究生国家奖学金。在《世界文学》《俄罗斯研究》《当代文坛》《古代文学理论研究》和《文艺报》《中华读书报》《文学报》《文汇报》等报刊发表论文多篇；在上海教育出版社、上海科学技术文献出版社、安徽文艺出版社、安徽少年儿童出版社、合肥工业大学出版社出版《论王元化》《江南文》《高中生经典解读》《唐诗中的名句》《两地书　父子情》等。

目　　录

辑一　古往今来　001

“一城草木皆如故，半部《春秋》总是秦。”当时髦的词汇粘贴到古代，我们惊奇地发现，除了时空不同，古往今来重复的还是一样的人和事。

好友与朋友圈好友　003
“吃瓜”的同事　009
花样美男之死　018
皇帝熬的心灵鸡汤　024
1644 年的那场牌局　030
那些神一般的名字　038

辑二 白云苍狗 047

“天上浮云如白衣，斯须变幻如苍狗。”官场一如职场，都是在考量世道人心，有人道貌岸然，有人八面玲珑，但也一定有人披肝沥胆。

司马懿：我是一只没有野心的狼 049
李纲：太子老师，还是太子克星 058
朝堂上的伪装者 065
少年子弟庙堂老 073
岳飞等不到除夕夜 079
晚清朋友圈：老曾、老左和小李 086

辑三 昨日遗书 099

“折戟沉沙铁未销，自将磨洗认前朝。”历史的大海中总有遗珠等我们捡拾，给我们启示，让我们重新审视故国、故人、故事。

一道叫作长城的墙 101
三国爱情实录 108
曹操父子的风流往事 114
雄安往事：一千年前，这里已是天下的焦点 121
明朝 24 小时：1461 年的那一天 127

辑四　庙堂之高 139

“可是他什么衣服也没穿啊！”童话《皇帝的新装》里孩子的那句实话振聋发聩。扒掉皇帝身上那件并不存在的“龙袍”，我们应该平视皇帝，冷眼审视权力。

皇帝的颜值 141
父皇的烦恼 151
彪悍的武则天不需要解释 158
皇帝的父亲应该是谁 166
失败皇帝朱祁镇：我本善良 176
千万别惹小皇帝 186

辑五　江湖之远　193

“小舟从此逝，江海寄余生。”江湖不只有菊花、古剑和酒，更有庸人自扰、匹夫一怒。看似打酱油的配角，演绎的才是最接地气的人间大片。

传国玉玺：一块被疯狂的石头　195
采石矶的勇气　203
大明中都纪事　210
程学启与韦俊：双城孤魂　219
十八般兵器，你算老“戟”　231
出江湖记　239

跋　243

编后记　原来历史并非这般素颜　那时青荷　246

辑一　古往今来

我的文史课上总会有学生从历史“小白”成功变身文史小达人。问及原因，孩子们都说，最爱我用新潮的语句说清楚那些古董一般的人和事。

一直喜欢余光中先生的那句诗：“月光还是少年的月光，九州一色还是李白的霜。”我要在历史穿越中弥补物是人非留下的遗憾。

曹操的一厢情愿与关羽的矢志不渝顶了牛，嵇康的我行我素撕了钟会的蝇营狗苟，汉末三国的朋友圈同样是话不投机就拉黑的节奏。

总有人读《三国》替古人流泪，为刘备、诸葛亮鸣不平的大有人在。可是仔细分析蜀汉帝国上上下下的人和事，我们只会摇头：这样的公司能不提前关门吗？

男生女相不是错，雌雄莫辨便无可救药了。潘安、卫玠、何晏之流顶着一副好皮囊，被一众脑残粉捧上了天。只可惜德不配位，于是摔到地上，香消玉殒。

1944 年，郭沫若同志因为一篇《甲申三百年祭》名声大噪。对于 300 多年前的那场甲申之役，我们用牌局来重新解读，不是戏谑，而是换一种视角去思考。

现在幼儿园老师最怕给新生点名，生怕遇上不认识的生僻字。古人则是最怕遇上跟新皇帝重名，一旦撞上，不论活人、死人全得立马更名改姓。姓甚名谁，不过是你我他的一个角色符号，按理说得由爹妈说了算，但在古代好像没那么简单。

好友与朋友圈好友

在好友和路人之间还有一种关系，叫朋友圈好友。

加了朋友圈的，不一定是好友。

一

曹操一直很欣赏关羽，所以在关羽被迫投降时，他决定用感情和高官厚禄，和小关做朋友。不过他还有一点不放心，便让手下、关羽的好友张辽去试探一下。对于曹操的厚待，关羽心知肚明，但是“吾受刘（备）将军厚恩，誓以共死，不可背之”。说句白话，就是关羽对曹操唱了一首《迟到》：“我的心中早已有个他，噢，他比你先到。”

曹操这才发现，自己充其量只是扫了关羽的微信二维码，加了他的朋友圈好友而已。随后，曹操对关羽是三日一小宴、五日一大宴，在朋友圈里狂晒他为关羽办的盛大派对。可惜小关既不评论也不点赞，好像自己不在场一样。

白马一战，关羽阵斩颜良，一次性回报了曹操之前的所有厚待；然后“尽封其所赐，拜书告辞”，去找刘备了。羡慕嫉妒恨的曹营将官迁怒于关羽不识抬举，纷纷请令追赶。曹操摇摇头：“彼各为其主，勿追也。”他明白，自己估计已经被关羽在朋友圈拉黑了。

朋友圈热聊的，千万别当真。

心高气傲的关羽时常拉黑微信朋友圈里不相干的人，只留下张辽、徐晃几个屈指可数的所谓好友。樊城之役，徐晃奉曹操之令来救曹仁，与关羽疆场相遇。甲胄在身的两人还在阵前聊了一会儿家常。正当关羽准备掏出手机拍张两人的剪刀手合影时，徐晃翻身下马传令：“得关云长头，赏金千斤。”

关羽一时蒙了：“大哥，开什么玩笑！”

徐晃一本正经道：“刚才聊的是私人感情，现在是两国交战！我要替曹老板干活了！”

原来，朋友圈是不谈感情的。

二

的确，朋友圈的感情是没法保鲜的。

许攸当年跟曹操、袁绍都是同学。后来，曹操、袁绍两个老同学打起来了，许攸跟了袁绍。可是袁同学不太听许同学的建议。恰巧许攸的家人犯法，被袁绍毫不客气地抓了，他一气之下去投曹同学。正值袁、曹鏖战官渡，许攸献计曹操，奇袭袁绍的乌巢粮仓，帮助曹操一举扭转战局。

官渡之战以及后面的平定冀州之役，许攸确实立了大功，但是他也有些飘飘然了，自恃功高，又跟曹操是发小，不分场合，见到曹同学便一口一个“阿瞒”地叫着，还在微信朋友圈里陆续发文：《我是怎样帮助曹阿瞒登上相位的》《我与大汉丞相曹阿瞒的同学时光》《如果没有我，曹阿瞒现在哪里》……

曹操贵为丞相，手下谋臣如云、武将如雨，曹阿瞒的小名也是你能叫的吗？曹丞相有多少隐私需要你来曝料？

面对许攸“阿瞒啊，没有我，你得不到冀州”这样放肆的叫嚣，曹操只有一脸勉强的笑：“你说得对。”

终于有一天，许攸与大将许褚一起进入邺城东门，又在感慨：“没有我，你们进得了这城？”许褚是粗人，立即反驳：“是我等舍生忘死地血战，才夺得此城，你胆敢这样胡说！”

许攸也火了，直接开骂：“你等匹夫，有什么了不起?!”

对不起，许褚抽刀砍了许攸。

许褚提着许攸的人头来见曹操：“许攸无礼，我杀之矣。”曹操一皱眉：“许攸与吾旧交，故相戏耳。”深责了许褚一顿，命人厚葬许攸。

显然，许褚替曹操办了一件早就想办的事。许攸这个讨厌的老同学终于闭嘴了。

许攸和关羽一样，分不清好友和朋友圈好友。你跟阿瞒从前是好友，现在却是朋友圈好友。朋友圈好友要么是同事，要么是客户，再有就是关系不清不楚的某某某。老同学阿瞒现在大名叫曹操，人家是老板，你是给他打工的，你这个下级就得服从上级。并且，朋友圈不是一个可以好友酒后直言的午夜小酒馆。好友在朋友圈可以卖萌，可以耍贱，可以讨厌地天天转发单位的公号稿。你要做的，就是面无表情地刷屏，大不了点个赞，或者“呵呵”一声，千万别拍砖。许攸不信邪，结果出人命了。

三

嵇康比许攸还有个性。他用性命跟朋友圈说不，用鲜血阐明了朋友与朋友圈的区别。

嵇康领衔的“竹林七贤”是当时才华横溢、我行我素的公知大V组合。“官二代”钟会算是个少年得志的才子。当初他写完新作《四本论》，想请嵇先生给指点指点，可又怕人家看不上；在嵇家门外转了几圈没敢往里进，最后把书稿远远地扔了进去，头也不敢回就跑了。至于嵇先生有没有看到钟会的大作，外人不得而知，反正嵇康没有主动找过钟会。从这件事可以看出，钟会相当崇拜只大自己一岁的嵇康。

钟会在官场顺风顺水，不到30岁就已获封关内侯。一天，他锦衣华服宝马雕车地再来嵇康家拜访，要正式跟他做朋友。嵇康正蹲在自家院子里打铁。钟大人进来，嵇康理都不理，只顾低头拉风箱、抡锤头。钟会尴尬了好一阵子，觉得没趣，刚要离开，嵇康说话了："何所闻而来？何所见而去？"

这是两句颇费思量的话。从字面看可以有多种解释，而最根本的意思就是：你是当官的，我是小老百姓，咱们玩不到一起。我不跟你做朋友。典型的"道不同，不相为谋"。

钟会也确实有才，压着一肚子的邪火回答："有所闻而来，有所见而去。"——说了跟没说一样，其实就是给自己的尴尬一个台阶下。但同时，字里行间渐露杀气。钟会两度主动找嵇康做朋友，都被对方给撅了。别说加微信好友了，连口水也没给喝，连把椅子也没给坐，硬生生把钟大人晾了半天。宁得罪君子，莫得罪小人。嵇康摊上事了。心胸狭窄的钟会因嫉生恨：姓嵇的，咱们走着瞧！

权臣司马昭请嵇康来做自己的幕僚，嵇康不愿意，躲到外地。而钟会正是司马昭手下的红人。他终于抓到机会在司马昭面前陷害嵇康，最终使得嵇康含冤被杀。

因为拒绝加朋友圈好友，嵇康搭上了自己的小命。像他这样的清高之士，是有道德洁癖的，不屑与钟会这样的官僚来往，甚至也不容许自己的好友沾染肮脏的政治。好友山涛做了高官，出于好意，特别向钟会的主子、权臣司马昭推荐了嵇康。听到消息，嵇康直接在朋友圈发了篇《与山巨源绝交书》（山涛字巨源），宣布跟山涛断交。

此后，身陷囹圄的嵇康却将儿女托付给山涛。临终前，他对儿子嵇绍说：“山公尚在，汝不孤矣（有山伯伯在，你不会成为孤儿）。”果然，山涛不负重托，像对待亲生儿子一样将嵇绍培养成才。

原来，嵇康与山涛是真朋友。

嵇康自知狂放不羁，得罪了权贵，而山涛却将自己推荐到朝廷。自己既不愿委曲求全，又不能牵连好友。无奈之下，嵇康决定在朋友圈里与山涛“断交”——只有这样才能保全好友！山涛安全了，嵇康却要被处死。留下一双儿女可以托付谁？山涛挺身而出。

原来，真正的友谊不是朋友圈晒出来的。

“吃瓜”的同事

时至盛夏，满大街都是西瓜摊儿。诸葛亮发了一条颇有深意的朋友圈：蜀汉集团上下，吃瓜的同事太多。

此“吃瓜”非彼“吃瓜”。不明真相，不懂装懂，围观旁观，是为吃瓜——大家都懂的。

“吃瓜”同事甲

你以为他心领神会，其实他不懂装懂，比如关羽。

当年诸葛亮在隆中为刘备设计的称霸战略是“跨有荆益”，占据荆州和益州（今天湖北和四川的大部分地区）。赤壁之战后，曹、孙、刘三家分占荆州的7个郡。

刘备进兵西川后，留关羽镇守荆州。诸葛亮留给他四字

《关羽擒将图》是明代商喜创作的绢本设色画，现收藏于北京故宫博物院。图画内容为《三国演义》中关羽水淹七军、生擒庞德的故事。全图人物共 6 人，当中金甲绿袍者为关羽，其左侧持剑站立者为关平，其右侧持刀者为周仓，图右两名蜀将捆绑的便是曹将庞德。

箴言：联孙抗曹。

关羽坚决抗曹，却不愿联孙。于是，他成了曹、孙夹击的对象。

当刘备在益州捷报频传之时，关羽心血来潮，主动出击，进攻曹操的樊城和襄阳。恰巧汉江涨水，帮了关羽大忙，成就了他水淹七军的传奇。

关羽还没来得及得意，他没有善待的盟友东吴趁机在背后捅了他一刀。这边曹操再度增兵，首尾难顾的关羽败走麦城。荆州失守，刘备集团东向发展的大门被锁死。

诸葛亮欲哭无泪。

当年他在隆中对时说得明白：刘备集团的称霸战略之一，便是对外联合孙权。遇到天下形势有了大变化，便可命令镇守荆州的上将引兵北上，与刘备的益州之军会师于秦川，一举击溃曹操集团。

荆州上将有两项任务：对东吴是“结好孙权”；对曹魏是“天下有变，则将荆州之军以向宛、洛”。

作为蜀汉前期最重要的将军，关羽不可能不知道诸葛亮的战略部署，不可能不清楚自己的工作职责。偏偏在天下未变之时，轻举妄动，遭遇曹、孙两家的联合剿杀。

诸葛亮只能认定，每次集团开电视电话会议时，荆州的关羽都在“吃瓜”。

“吃瓜”同事乙

你以为他兢兢业业，其实他自以为是，比如魏延。

刘备自称汉中王后，汉中太守这样一个至关重要的职位虚席以待。因为关羽远镇荆州，于是所有人都认为，汉中太守非张飞莫属。偏偏刘备把委任状颁给了当时不甚著名的魏延。

面对集团上下的一片惊呼，刘备特意在集团中层会议上问魏延："我今天委你以重任，你打算说点啥?"

魏延真给刘备长脸："如果曹操举全国之兵来侵犯，我请求为大王挡住他。如果只是一名偏将带10万人马前来，我直接把他们包了饺子!"刘备很满意，其他同僚也纷纷鼓掌："老魏，你牛!"

此后的几年，魏延并没有把曹操的部队全包了饺子。虽然屡有战功，但他仍旧是蜀汉武将里的二线明星。待到诸葛亮三出祁山时，关张赵马黄尽皆故去，魏延才跻身蜀汉头号名将。但是，诸葛亮对他总是有保留的使用。

一切都因为那条子午谷奇谋。

从一出祁山起，魏延就不断向诸葛亮建议子午谷奇谋，即由他率万余精兵出子午谷奇袭长安，诸葛亮率大部队出斜谷，两军在长安会师。

从秦岭往西南有6条道路，其中的子午谷，是一段长达330公里的陡峭山路。三国之前从未有人成功穿越子午谷。楚汉相争时韩信暗渡的陈仓道，比子午谷要平坦安全得多。

既然前无古人，于是魏延想兵行险招，赌一把大的。

可是，诸葛一生唯谨慎。"以此县（悬）危"，没有采纳。

子午谷奇谋只能成为一场在魏延脑海中回放了N遍的突袭演习。

关于子午谷奇谋的争论，从古代吵到现在，正方反方各执一词。我不想参与争论，只想说几个事实。

蜀汉第三次北伐失利的次年，魏国进军汉中，大都督曹真便是取道子午谷。时逢雨季，栈道被大雨冲毁，魏军推进艰难，一个月时间才走了一半的路程，无奈之下只能退兵。

不知道为什么，魏国的这次子午谷行军并未引起魏延的反思。

至于后世，东晋的桓温派偏师出子午谷，被前秦的伏兵一举击溃。明末的闯王高迎祥率5万部队出子午谷，被明军孙传庭的2万新兵全歼。

貌似子午谷奇谋同样是后无来者。

胆小谨慎也好，有先见之明也罢，反正诸葛亮始终没有同意魏延实施冒险行动。直到去世，他都在担心魏延会分兵行动，于是做了应对部署。

魏延偏偏是个死脑筋，认定自己的奇谋可以奏效。得知诸葛亮病逝，他执意要分兵——一切都在诸葛亮的预料中。最终，离经叛道的魏延兵败被杀。

脑后有反骨——这是《三国演义》给魏延强行画上的奸人脸谱。我们得替魏延说句公道话，他不是反贼。他是一个有着坚定信念、高度自信、又充满好奇心的资深员工。

或者通俗点说，就是不碰南墙不死心的“二”哥。这哥们儿把自己碰死了，还牵连着千百年来的无数后人替他接着操心，反复论证子午谷奇谋的可操作性。

诸葛亮认为，“吃瓜”的魏延用一道假设题，圈住了后世一大波儿爱做证明题的“吃瓜”粉丝。

“吃瓜”同事丙

你对他耳提面命，怎奈他我行我素，比如马谡。

马谡的上位得益于哥哥马良。马家兄弟五人，属老四马良水平最高。加上他的眉毛间夹杂了一些白毛，于是襄阳的乡亲都说：“马氏五常（马氏兄弟的表字中都带个常字，比如马良字季常、马谡字幼常），白眉最良。”

说句题外话。后世的评书艺人因为这句俗谚，生造出一个白眉大侠徐良，这样的联想也是没谁了。

赤壁之战后，马良、马谡兄弟应聘进入刘备的公司。刘备很欣赏马良的才干，对他委以重任。马良知恩图报，尽职尽责，直到彝陵战败，他以死向刘备尽忠了。

相比之下，马谡没有得到刘董事长的认可。

他更得诸葛总经理的器重。

刘备临终前跟诸葛亮讨论人事安排，特别指出：“马谡言过其实，不可大用，君其察之。”

诸葛亮认为，董事长先入为主，对小马有偏见。

在诸葛亮看来，这个马家小五的才干不逊他四哥马良。

那年诸葛亮出征南中，马谡送出数十里。诸葛亮问计于他，马谡回答："攻心为上，攻城为下；心战为上，兵战为下。"诸葛亮采纳了他的建议，斩雍闿、服孟获，攻心战彻底解决了南方的后顾之忧。

尽管马谡的这几条建议更像是在背兵书，但至少他抓住了问题的要害。更何况，策划的具体执行是诸葛亮。

马谡跟在诸葛亮身边做参谋，每每与诸葛亮讨论兵法，一聊就是一个通宵。在遇到姜维之前，诸葛亮最欣赏的部下就是马谡。以至于一出祁山时，他力排众议，任命马谡做先锋。

将马谡由总经理办公室主任外放业务拓展部做总监，诸葛亮希望给马谡一个施展才干的平台，同时也想证明自己看人的眼光没有错。

不过这一次，是诸葛亮错了。

第一次独当一面的马谡踌躇满志，他隐约觉得自己要一战成名了。之前俯首帖耳的马谡竟然没有执行诸葛亮的命令，擅自做主放弃水源，将部队由城邑转向南山驻扎，"举措烦扰"。无论副手王平如何苦劝，马大先锋还是坚持己见。他的理由是，借助南山地势向山下发起冲锋，一战便可击溃敌人。

理论上，他的想法没有问题。

但现实中，对手是魏国名将张郃。人家直接切断蜀军取水的道路，迅速发起进攻。一战即溃的不是敌人，而是蜀军。

上次马谡掉书袋，有诸葛亮替他接着。这次纸上谈兵，只有他自己兜着。结果没兜住，给诸葛亮捅了大娄子——一出祁山失败。

都说诸葛亮挥泪斩马谡的挥泪是在哭马谡。其实，固然有两人私交甚笃的因素，但这泪更多的还是因为诸葛亮想起了刘备的叮嘱："马谡言过其实，不可大用。"

马谡不听领导的话，犯了大错。诸葛亮痛定思痛，是自己没听老领导的话。他不得不承认，马谡是第二个赵括。

"吃瓜"的老板

更令诸葛亮无语的是，不仅集团高层、中层里"吃瓜"的大有人在，就连两任董事长也在"吃瓜"。

当初刘备听了诸葛亮的隆中对，给了一个字评价："善！"又跟关、张说："孤之有孔明，犹鱼之有水也。"其实他是一个没有明确战略思想、随波逐流的人。赤壁之战一结束，诸葛亮随即被边缘化。直到永安托孤，诸葛亮才被再次重用。

至于后主刘禅，更是集"吃瓜"与"打酱油"于一身的奇葩。"徒令上将挥神笔，终见降王走传车。"李商隐的这两句诗传神地展现了诸葛亮与刘禅在政治思路上的格格不入。

固然诸葛亮的隆中对在可行性上有着这样或那样的不足，但是他最大的悲哀在于，"兴复汉室，还于旧都"由理想沦为做梦，“汉贼不两立，王业不偏安”由目标沦为口号。

骨感的现实，生生将理想主义者诸葛亮摧残成了蜀汉集团最孤独的人。面对上上下下“吃瓜”的同事，他心凉如水。

花样美男之死

花一样的男子大多生得错乱，死得蹊跷。

一

公元 312 年，西晋第一花样美男卫玠死了，终年 27 岁。关于这个年轻人的死因，官方后来认定：这是一起群体性公众事件。杀死卫玠的，是广大热爱他的粉丝。

卫玠属于天生丽质的那种人，或者夸张一点说，他在出生的那一刻，染色体排序发生了严重偏差，于是本应是女人的他，作为男人来到了世间。

既然男人生了女儿相，自然他就成了卫家的宝贝。上学时家人给排行老三的他起了表字：叔宝。有钱人家的孩子上学自然不是走着去，而是乘坐既拉风同时安全性能又好的羊车。结果街坊邻居家半油不腻的婶子、大娘全都站在路边围观这小子，称他作“璧人”。

小小年纪，收获粉丝无数，一个未来偶像冉冉升起。

长大成人后，卫玠的偶像名声在外，朝廷召他做官，人家懒得理睬，推脱了多次，才勉强答应做了太子洗马——这个需要在公众场合抛头露面的职位比较适合他。

那年月中原战乱频发，卫玠觉得是非之地不可久留，于是带着母亲搬家到南方的豫章郡（今江西南昌）。在那里，大官僚王敦专门约他喝酒聊天。卫玠眼光很高，没瞧上这位相爷，反倒跟王敦的长史（秘书长）谢鲲聊得很投机。两人聊了一天一夜，王大丞相就在边上端茶送夜宵，外加盯着偶像拍照。第二天早晨吃完早饭，卫玠才回家补觉。

母亲非常心疼：“你身体不好，我时刻提醒你要少说话。怎么说了一天一夜的话？这得伤你多少元气啊！”

偶像的身体就是金贵，熬夜聊天就会元气大伤。此后多日，卫玠由咳嗽转为发烧。

高官王敦在朋友圈拼命晒自己和卫玠的合影，卫玠却腻歪这个官油子，于是带着母亲前往建邺（今江苏南京）。

不知谁提前走漏了消息，于是从豫章通往建邺的大路上挤满了争睹卫玠玉容的粉丝。身体有恙的卫玠在铜墙铁壁般的人群中左冲右突，费了九牛二虎之力才摆脱粉丝们的围追堵截。其时，他已经奄奄一息。不久，医治无效的卫璧人与世长辞。盛产美男的西晋又少了一个“杰出”的人气偶像。

官方经过调查，并结合法医提供的尸检报告认定，看杀卫玠——卫大偶像是被粉丝们给看死的。由于南方的粉丝太多，考虑到他们追看偶像的热情情有可原，所以不予追究众人的法律责任。至于在王大丞相家通宵聊天导致的元气大伤的病因，更是不能对外公布了。

西晋应该是中国历史上崇尚男色最为痴狂的朝代。男人每天花在脸上的时间比女人还长、脑残粉们满大街追着偶像要签名、美男们在派对上相互比美要酷……这样的事在西晋再正常不过。

二

比卫玠早一代的偶像巨星潘安家里从来都不用买水果。因为只要他出门，全城的大姑娘、小媳妇，还有老妈子都会追着他看，还往他的车上扔梨、扔桃，每每总能装了满满一车的水果回家，因此就有了成语：掷果盈车。

那是一个只认脸不认内涵的时代。才子左思曾经写出雄文《三都赋》，一时引发洛阳纸贵，全国文人都去买纸争相抄录。左思才高，却长得其貌不扬。偏偏他还想学潘安的范儿，也乘车上街招摇，结果女粉丝们根本不买左大才子的账，朝他吐口水、扔石头，这老哥灰头土脸地回家换衣去了。

潘安长得俊美，却不如卫玠超脱，成天想着做官；无奈仕途不顺，已经32岁了还一事无成。那天梳头偶尔发现几根白发，潘安颇有些“为赋新词强说愁”地写了那篇著名的《秋兴赋》。粉丝们捧着这篇名作感叹，即便是潘偶像这样的美男，也一样无法躲过时间的贼啊。殊不知潘安这个官迷着急的是，自己何时才能顺利上位。

权力欲饥渴的潘安最终投靠了皇后贾南风，为她的宫斗充当走狗。潘安撰写谋逆文章，趁太子酒醉时让其抄写，从而栽赃太子，导致太子被废，太子生母被杀。

人在做，天在看。做恶事，终归是要遭报应的。“八王之乱”后，贾皇后倒台，潘安作为余党被灭了三族。

美男也是人，除了一副漂亮的皮囊外，他们也和常人无异，甚至还不如我们。

三

曹魏时期的美男子何晏，每天出门前都会认真梳洗打扮。曹操的孙子魏明帝曹睿怀疑何晏的面白如玉是高级化妆品的功劳。于是他想了个办法，在酷暑时节召何晏入宫，命人端来一碗热汤面，叫他当场吃完。何晏不知何意，就呼噜呼噜地吃起来，吃得满头大汗。他不停用袖子擦拭头上的汗水，结果这张脸是越擦越白，白里透红。皇帝在一边不得不叹服：所谓傅粉何郎，名不虚传！

皇帝都服他，何晏自然更嘚瑟。他经常聚众在家嗑药，服用一种叫作五石散的药。所谓五石散，就是炼丹师们将钟乳、硫黄、白石英、紫石英和赤石五种药性燥热的矿石放到一起提炼出的丹药。这样的药服用过后，人会全身燥热，产生短时间的幻觉。说白了，就是慢性中毒。魏晋时期文人名士流行嗑药时尚，何晏绝对算是老前辈。如果不是后来发生变故，何晏肯定会和唐太宗、明世宗一样死于铅汞中毒。

何晏和前文的潘安都是趋炎附势之徒，后来依附于皇亲曹爽，与权臣司马懿明争暗斗，最终失败，也被灭了三族。

中原人过于在意颜值，倒是匈奴人看人能够直接看到骨子里。

当初匈奴派使者来朝见魏王曹操。一直对自己的相貌和个头极不自信的曹操怕被匈奴人轻视，决定让帅气的手下崔琰假扮一回魏王，而自己则扮成侍卫模样，持刀站在榻边旁听。接见完毕，曹操让人去问匈奴使者："你对魏王的印象如何?"

人家匈奴人心直口快："魏王俊美，丰采高雅，而榻侧捉刀者气度威严，非常人可及，是为真英雄也。"

彪悍的匈奴人向来不喜欢娘了吧唧的假老爷们儿。他不认识曹操，却一眼认定持刀侍卫才是有内涵的真男人，主位上的"魏王"不过是徒有其表的傀儡。

刷脸的时代，绣花枕头般的美男比美女还要恃宠而骄。可笑的不是他们的浅薄，而是大众的价值评定标准。过度追逐男色的结果，不仅让我们雌雄莫辨，并且让更多人在娱乐至死的氛围里误入歧途了。

脑残的粉丝捧红了美男，又杀死了偶像，更篡改了一个时代的审美，戕害了一个民族的风骨。

皇帝熬的心灵鸡汤

作为吃瓜群众最喜爱的精神食粮，心灵鸡汤风行朋友圈的秘方在于，炖的不是鸡，而是心机。从古至今，吃瓜群众的口味从未变过。

一

人人会说的“书中自有黄金屋，书中自有颜如玉”这几句，堪称史上最著名的劝学诗句。原诗如下：

富家不用买良田，书中自有千钟粟。
安居不用架高堂，书中自有黄金屋。
出门莫恨无人随，书中车马多如簇。
娶妻莫恨无良媒，书中自有颜如玉。
男儿欲遂平生志，六经勤向窗前读。

相传这首诗出自宋真宗赵恒之手。若论诗词的平仄用字，实在看不出太多高明之处。偏偏前面八句句式相同的排比句大白话，将读书识字的好处一一列举：有吃不完的美食、有大别墅住、出入有豪车、还能娶到大美女，涵盖了广大男生的每一项人生需求。最后两句回到主题，要想实现上述理想，赶紧老老实实去读六经吧。

皇帝带头写诗劝天下的男儿都去读书，我们实在应该为大宋点赞，为真宗皇帝竖大拇指了。

不料我们在传颂这些诗句的同时，都毫无防备地饮下了这碗皇帝们蓄谋已久的心灵鸡汤。

暴露赵恒《劝学诗》真实心思的，是唐太宗李世民。

隋唐之时，国家为延揽人才创立了科举制。一日科举考试结束，太宗皇帝站在端门之上，看到新科进士鱼贯而入朝堂，喜不自禁："天下英雄，入吾彀中矣。"彀，原义是张开弓弩，这里是指射箭所能达到的射程，引申为圈套。李世民这句话的意思就是：天下的人才，都落到我的手中了！

"择天下英才而用之"是每一个帝王的心愿。经过近千年的人才制度探索，隋朝发明了科举制。及至唐初，这项制度更为精细合理，不仅为帝国选拔出了众多干才，更成为天下读书人首选的成才通道。

唐朝初年，科举制以明经科和进士科为主。所谓明经，就是考经书上原文的填空和词句解释。什么经书？即上面《劝学诗》中宋真宗提到的六经，也就是《诗经》《尚书》

《礼记》《乐经》《周易》和《春秋》这六本儒家经典。顺便多说一句，《乐经》后来失传了，于是南宋的朱熹老夫子把剩下的五经与《论语》《大学》《中庸》和《孟子》这四本书拢到一起，合称“四书五经”。

进士考的则是诗赋。显然，进士科比明经科的难度要大得多。所以，当时有“三十老明经，五十少进士”（30岁考上明经科，算是太老了；50岁考上进士科，说明你是同龄人中的佼佼者）的说法。从一个侧面，我们也可以看出科举制对读书人的约束。

二

读书人里总是有明白人的。

中晚唐的进士赵嘏有诗云：“太宗皇帝真长策，赚得英雄尽白头。”一语道破李世民的心机：用科举制有效控制天下读书人，让大部分人念书念成顺民，让拔尖的才子们进入体制，沦为奴才。

可惜的是，这位赵大才子当年在长安城名气极大，却因为诗文里太多一针见血的见解，让李世民的后代唐宣宗很不爽，于是高中进士的赵嘏一辈子也没能进入官僚体系。

宋朝开国，科举制迎来野蛮生长的春天。宋太宗放宽了科举考试录取的范围和人数，并不断增加考试的频次，于是一大批儒流俊彦脱颖而出。

真宗赵恒上位伊始，一首白话打油诗《劝学诗》便以其浅显易懂的文字，朗朗上口的排比句式，还有充满诱惑的人生目标描述，迅速成为人人转发的天下第一心灵鸡汤，并且长盛不衰，流传至今。

在宋朝喝皇帝熬的这碗心灵鸡汤，虽说不一定有营养，但至少不会有什么不良反应。但任何一项制度施行百年之后，总会捉襟见肘。及至明清之际，科举制早已走形变味，再继续饮这碗以科举为名的鸡汤，轻者“食物中毒”，重者便要“走火入魔”了。中举的范进便是明证。

没参加过科举的李贺说：“世上英雄本无主。”可是一旦落入君王彀中，哪里还是英雄。

都说“仓廪实而知礼节”，其实心灵鸡汤泛滥的土壤也往往是承平日久的年月。兵荒马乱、饥寒交迫的乱世，不可能熬出这般甜不拉叽、暖不拉叽的汤汤水水。

三

在宋朝，心灵鸡汤适用于各类人群，包括当时为士人所不齿的军队。

两宋 320 年间，帝国最高武职枢密使几乎都是文官担任。仁宗朝创了一次例外，武将狄青曾做过一任枢密使。因为那时，他就是皇帝为全国军队熬制的心灵鸡汤。

狄青出身贫寒，16 岁时因为哥哥与人斗殴，他代兄受过，被捕入京，脸上刺字充入禁军。在与西夏的战争中，狄青表现出卓越的军事才能，得到上级的肯定和提拔，从大头兵一路做到侍卫步军副都指挥使（宋朝禁军三大统帅机构之一的副职）。

一个代罪充军的囚犯经过 20 多年的历练，竟然能够做到禁军高级将领，狄青成了宋朝军人最富正能量的个案。

关于宋朝政坛，我们还知道一句老话："北宋缺将，南宋缺相。"五代之后，宋太祖赵匡胤为消除中唐以来的藩镇之害，采取崇文抑武的国策。之后历代皇帝秉承祖宗之法，在杜绝军人乱政的同时，也使这个王朝严重缺钙。

唐时人们吟诵"宁为百夫长，胜作一书生"。宋朝大家说的则是"好男不当兵，好铁不打钉"。

一面是契丹、党项这些少数民族的虎狼之兵屡屡犯境，一面是宋军战斗力的持续下降。皇帝不得不在提防军人掌权作乱的前提下，有限度地树立典型，鼓励先进。正好，百年不遇的战神狄青出现了。

仁宗皇帝决定亲自召见狄青，至少可以上一个人人转发的头条。不料前方战事吃紧，狄青脱不开身。于是皇帝派宫廷画师专门赶到前线，现场为狄青画了一幅写真像，带回宫中。结果这样的传播效果更好：皇帝原来这样重视基层官兵！禁军中的百万士卒既羡慕狄将军，更对皇帝感恩戴德。

后来，仁宗见到狄青，拿出一瓶去疤特效药水，让他洗掉脸上的刺字（毕竟他已经入朝为官，脸上的刺字实在有失体面）。不料狄青跪倒解释："陛下不问出身，以战功提拔微臣，臣感激不尽。狄青之所以有今天，正是因为当初刺配从军。臣愿意保留脸上的刺字，以激励军中袍泽。"

每每读到这段史料，在敬佩狄青英雄本色的同时，我总感觉他又中了皇帝的圈套，自觉自愿做了一回特效心灵鸡汤。

南征平定侬智高叛乱回朝后，狄青的功劳和威望达到了极点，于是皇帝不顾众多文臣的反对，坚持要树立一个军中典型，任命45岁的狄青为枢密使，成为北宋中后期唯一一位武将枢密使。

人生登顶的狄青收获鲜花和掌声了吗？没有。身居高位的他不过是皇帝用来安抚、激励军人的心灵鸡汤哥。他不可能掌握实权，不可能再有任何作为。反倒是皇帝需要更多不同的声音，将偶像化了的狄青从云端重新打回平地。

所以狄大人收获了由猜忌和非议组成的明枪暗箭。来自同僚、下属的弹劾，还有民间的各种飞短流长一齐向他袭来，就连偶尔出现的自然灾害也会跟他扯上关系。面对这些有名的、莫名的指摘，仁宗皇帝心安理得地听之任之。

四年后，声名狼藉的狄青被外放陈州。又过了半年，心灵鸡汤哥狄青终于被人言击杀。

在这起蓄谋已久的谋杀案中，唾沫四溅的文臣只是帮凶，他们和民间那帮跟着瞎起哄的吃瓜群众一样，都做了仁宗皇帝手中的刀剑。皇帝才是幕后元凶，才是这碗心灵鸡汤的炮制者。

看似言之凿凿，实则不知所云。舀出所谓的心机，心灵鸡汤这碗寡水清汤里，还剩什么？

1644 年的那场牌局

公元 1644 年那场多方参与的旷世“PK”，其实一开始不过是一盘“斗地主”。

一

崇祯皇帝原本是个“肥地主”，因为江山都是他的，他可以慢慢地陪着几个竞争者玩。可惜他有个弱点：死要面子。

皇太极是女真新贵。他爹努尔哈赤当初靠着十三副铠甲起兵，生生打下了关外一大片家业。对于马背上的民族而言，面子中看不中用，有刀枪、能抢到吃的，才是硬道理。

李自成、张献忠是超级盲流，或者倒过来——顶级流氓。原本他们这种小角色是上不了 PK 台的，可他们一不怕死、二不要脸，居然也人五人六地混成了草头王。于是，有了他们的 PK 才更加无章可循。

女真人从崇祯皇帝的爷爷神宗皇帝的万历年间就开始在关外闹事儿，六七十年了。关外的白山黑水对大明王朝来说，只是名义上的归属。明朝皇帝防范了 200 年北方蒙古的草原狼，没想到半道却跳出一只东北虎。这是一只饥饿的东北虎，要的是有吃有喝，就愿意待在关外的冰天雪地里，繁衍自己的族群，没有其他类似当“地主”这样的非分之想。

而无产者李自成、张献忠的出现则是明王朝的自作自受了。百年郁积的人祸逢上千年不遇的天灾，老百姓不得不起来造反了。这期间，兵痞张献忠大吵大闹，被裁员的驿站临时工李自成也上蹿下跳，渐渐都混壮了，领着拖家带口、有老有小、浩浩荡荡百万之众的叫花子队儿和朝廷叫板：“等贵贱，均田免粮!”显然，李自成们和张献忠们的想法也很简单：政治上平等，经济上平均。至于当“地主”，似乎也不是他们的直接诉求。

崇祯皇帝的牌技太臭了。他手上原本有孙承宗、袁崇焕、卢象升、祖大寿、吴三桂、赵率教、满桂……大大小小一堆好牌。特别是袁崇焕这个“炸弹”，曾经直接把努尔哈赤给炸到阎王爷那儿去了。偏偏打牌的是朱由检——一个没有实战经验的新手。他错误地分析形势，错误地分兵两路作战，一边要对付西北乱民，一边要阻击关外清兵——真以为自己手上抓的全是“炸弹”啊！结果，两线吃紧。

二

明军与清军相比，绝对值上肯定占优势，但是在关外战场上就不见得了。当时的关外形势，就和300年后的辽沈战役时国共双方的对峙情形一样。主场作战的清军占的是线和面，而明军只有宁远、锦州、山海关几座孤城，根本不可能发起大规模的攻势，所以明军几任统帅以守为攻的策略是正确的。但是急于在关外战场看到成效的崇祯皇帝可没有这个耐心，凡是不进攻的督师一律革职问罪。先前，熊廷弼被他哥哥天启皇帝传首九边（回京问斩，然后脑袋被拿到边关挨个在军营里游街示众），之后袁崇焕被他凌迟处死，卢象升、孙承宗则战死关外。有点小聪明的洪承畴刚取得一个小胜利就得意忘形，又丢了松山，自己也兵败降清。这就如同皇太极是坐在“地主”崇祯的上家，崇祯的每一个“炸弹”都压在了上家的牌上，全部没能派上真正的用场。

而崇祯的下家和对门，又是没有节操、不按常理出牌的李自成和张献忠。对于官军，李、张二位是打得过就打，打不过就跑，跑不了我就投降，投降了就有饭吃、有军衣穿、有刀枪用，过几天缓过劲来拉着队伍我再上山造反。

面对这样的对手，明军真的是无可奈何。当时总督五省军务的大将陈奇瑜费尽心机，终于将李自成、张献忠等多部农民军逼到陕西兴安，牢牢困在绝地车厢峡内。眼看陈奇瑜就要改写中国历史了。

弹尽粮绝的李自成又玩起诈降的把戏。或许是老陈太天真，抑或是老陈想尝尝“不战而屈人之兵”的伟大胜利，反正脑子短路的他把车厢峡的出口打开了，同意李、张的3万多手下全部回乡务农。为了保险起见，老陈还规定每100名农民军配备一名安抚官护送，并命令沿途各州县拿出粮食衣物，给这些要“解散”的农民军足够慰劳。这位陈大总督真是天真到家了。逃出虎穴、吃饱喝足的这帮农民军过了栈道，立马翻脸，三下五除二就把几十个安抚官全给宰了（100人收拾一个安抚官，结果没有悬念），接着攻城略地，继续造反。

三

一边是打不过，一边是打不着，“地主”崇祯被弄得手忙脚乱，身心俱疲。不是他脑子一根筋，不懂得“攘外必先安内”，而是他不敢这样。因为明朝建国以来有一项不成文的政策：不向少数民族割地求和。袁崇焕曾提过类似的求和建议，让崇祯皇帝很不满意，最终老袁被凌迟了。后来明军实在撑不下去了，崇祯只得秘密让兵部尚书陈新甲派人与皇太极私下议和。不料马大哈的陈尚书办事不力，把双方的绝密信函落在办公桌上，他的书童又特别勤快，将这当成每日的塘报直接抄送满朝文武了。一下子朝野哗然。气急败坏的崇祯只能把罪责全推到陈新甲身上，不容分说开刀问斩。此后，他再不敢有和谈的念头了。

其实李自成和皇太极的要求几乎一样，就是希望崇祯能承认他的政权的合法性。进攻北京城之前，李自成还让人来跟崇祯谈判，表示只要明朝承认大顺政权，再给点银子，我老李立马回西安做我的土皇帝。死要面子的崇祯可不敢让祖宗的江山在他手上变成三足鼎立，于是仍旧肉烂嘴不烂，坚决不答应。牌打到这时候，“地主”手上的“炸弹”光了、大小王和“2”也都没了，李自成直接抽出一张“A”冲线了。

崇祯输不起江山，丢不起面子；皇太极输不起江山，丢得起面子；李自成和张献忠都是光脚的，江山、面子对他们来说都是“神马”，该扔就扔。于是，啥都输不起的崇祯被两个啥都不在乎的流氓给逼得上吊自尽了。

别急，游戏还没结束。因为山海关那儿还有个吴三桂。

四

尽管手上握有两万多明朝最后的精锐部队——关宁铁骑，但吴三桂真的没资格坐上台子代表一方政治势力玩“斗地主”。于是，滑头的他直接换频道了，拉着满清新上台的摄政王多尔衮，跟李自成、张献忠玩起了“掼蛋”。

1644 年 3 月 19 日，李自成的农民军攻入北京。崇祯皇帝朱由检缢死于万岁山（今景山）东麓一棵老槐树。清军入主北京后，为笼络人心，将那棵老槐树称为“罪槐”，并用铁链锁住。

平心而论，当吴三桂让人捎信给多尔衮，以献关投降为代价，请清军助力收拾李自成之时，多尔衮还没有想过要加入逐鹿中原的战团。而当一片石激战结束，吴三桂和李自成两败俱伤之时，多尔衮才缓过神来：大明的江山社稷正等着大清来接盘了！他差点被这个天上掉下来的大馅饼当场砸晕。

多尔衮不愧是当时最出色的政治家。他谙熟牌局里的规则，更明了当时的政治格局：万里江山焦土一片，各方势力群龙无首。老“地主”被斗倒了，大清必须在混战中“大鱼吃小鱼”，迅速取得主动。他们是关外的异族，对中原情况不熟，正好有个汉奸吴三桂愿意做向导，何乐而不为？掼蛋就掼蛋。如果赢了，我们大清坐江山；如果输了，大不了回关外照样骑马打猎。

别看之前“斗地主”时，李自成和张献忠是“光脚的不怕穿鞋的”，那是因为崇祯穿的是软软的、中看不中用的棉鞋。现在多尔衮和吴三桂是对家，这俩都是穿大马靴的，骑的马还有包着铁掌的马蹄子，上去一脚就能踢折你的光脚。所以接下来的“掼蛋 PK”中，多尔衮和吴三桂一路升级，把李和张远远甩在了后面。这俩当初抱团在一起还能折腾折腾，现在分隔成对家就越打越没劲了。原本就是杂牌叫花子队儿，没纲领、没计划，打到哪儿算哪儿，最终被多尔衮和吴三桂给灭了。再后来，吴三桂发现自己不是真正的对家，而是人家大清朝廷身边一条会咬人的狗，悔意顿生，想再拉起队伍跟大清 PK 一场“楚河汉界”。可惜时代变了，入主中原已 30 年的大清民心所向，康熙小皇帝都懒得搭理他，审时度势迅速平定了以老吴为首的“三藩”势力。

聪明反被聪明误的吴三桂攒了个“掼蛋”的局，却是搬起石头砸了自己的脚，掼了大明的江山社稷，掼了他自己的历史名声，掼得他的枭雄梦鸡飞蛋打。

那些神一般的名字

曾有网络新闻说：中国最牛的名字叫张伟，有近 30 万人共享这个姓名 IP（知识产权）。新生代 00 后的孩子里最火的名字是子涵。有数据显示，全国有 12 000 多个王子涵、1 万多个张子涵、6 000 多个李子涵。此外叫梓涵、紫涵的更是不计其数。我觉得，现在幼儿园老师最大的挑战，不是记不住孩子的名字，而是如何不会记混每一个名字。

一

其实，古人与今人一样，起名都爱赶潮流。

两汉之交，新朝皇帝王莽实施“二名之禁”，不准起两个字的名，所有人都得取单字名，结果重名无数。比如，王莽的叔叔叫王凤，反对他的绿林军的头领也叫王凤。

好在古人有名有表字，名用一个字没说完的话，用表字再取。或许是当时社会太崇尚君子之道，“君”字成了烂大街的人名表字。王莽就是表字巨君——如果硬要牵强附会地理解，他的名与字多少还有点联系。

可是，光武帝刘秀手下威风八面的“云台二十八将”里，那些将军们的名与表字，我就看不懂了：贾复字君文，岑彭字君然，邳彤字伟君，马成字君迁，郅恽字君章，臧宫字君翁……

这还不是最火的潮流。时间往后推 200 多年，魏晋南北朝简直就是“之”字辈的天下。

科学家叫祖冲之，画家叫顾恺之，史学家叫裴松之，大将军叫刘牢之、陈庆之、沈庆之。

对了，那个最著名的书法家叫王羲之。他有一个亲哥，叫王籍之。他的七八个叔伯兄弟名字都是一个格式：王某之。王羲之生了七个儿子，分别叫：王玄之、王凝之、王涣之、王肃之、王徽之、王操之、王献之。关于王羲之的第三代，史料上有明确记载的，他的次子王凝之生子：王蕴之、王平之、王亨之、王恩之；五子王徽之生子：王桢之、王静之；六子王操之生子：王宣之、王慧之。如果一定要去查琅琊王氏的家谱，他们家六代人前后几百位全叫王某之。

老王家咋这样喜欢“之”字？

国学大师陈寅恪先生解释说，这与当时的宗教观念有关，“之”字曾是东汉末年五斗米教的标识，于是“之”字平添几份神秘色彩。加上文言文中，“之”字本来就意义丰富，于是世家大族格外偏爱“之”字取名。此外，在处处都要避讳的当时，“之”“道”“僧”等字不在禁忌之列，所以“之”字风行。

这样以某个人名用字风靡一时的情形在唐宋之间还有：名字中有“彦”的人多了去了。

清朝史学家赵翼对唐末到宋初的史书，做了一下粗略统计：唐末以宰相徐彦若为首的因“彦”得名的官宦有近10位，五代时后梁以大将王彦章为首的以“彦”为名的官宦有19人，后唐、后晋之间名字中带“彦”的官宦有28人，后晋、后汉之间叫“彦”的官宦有26人，后汉、后周之间这样的“彦字辈”官宦也有12人。

后来有人接着赵翼的兴趣，在史书里继续找名字带“彦”的人。从唐末到宋初，一下子找出有名有姓的大大小小各式人物140余位，并且同名的一堆：11个彦超，7个彦章，7个彦威，7个彦卿，4个彦进……

宋朝中期以后，“彦”字依旧受欢迎：宰相出了文彦博、韩忠彦、李邦彦、汪伯彦等，词人出了周邦彦，武将出了王彦，抗金名将韩世忠的长子叫韩彦直……

中国首部词典《尔雅》有云：“美士曰彦。”故而“彦”字在文风鼎盛、风雅俊逸的大宋流行，倒也实至名归。

二

有大雅，自然也有大俗。

《古文观止》翻开第一篇《郑伯克段于鄢》，里面的主角郑伯便是郑庄公。这哥们儿的名字很特别，叫寤生。

据说寤生有两个意思，一是产妇在梦中生产，醒后方知；二是逆生，即婴儿的脚先出来，头后出来。史书上说郑庄公属第二种情形，出生时难产，让母亲受了不少罪。父母于是给他起名寤生。

老娘不喜欢他，偏爱小儿子段（史书上称其为共叔段）。这样便有了母亲与小儿子共叔段，同郑庄公争夺王位的故事。

东周时期，人们给孩子起名在随意中透着淳朴。

孔子老家陬邑（今山东曲阜）有座尼丘山，孔子母亲曾在山上祈祷生子。孔子出生时，他的头形是中间低，四周高，看上去就像尼丘山的山顶一样，于是父母就给他起名孔丘，字仲尼。后来，孔子成了千古大儒，尼丘山反倒要避圣人名讳，改叫尼山了。

孔子 21 岁时，独生子出生。鲁国国君昭公派人给孔子送来一条鲤鱼以示祝贺。在孔子看来，这是莫大的荣幸，当即决定给儿子起名孔鲤，字伯鱼。

对，就是这么简单。

汉高祖刘邦起于草泽，他的观念带着浓厚的乡土气息，所以他家孩子的名字起得格外任性。

刘邦在家行三，大哥刘伯，二哥刘仲，他叫刘季。显然，他爹刘太公没什么文化，直接给哥仨儿起名刘老大、刘老二和刘老小。

曾有网友质疑，按照伯仲叔季的说法，刘邦行三应该叫刘叔，为何叫刘季？史书上说，刘邦还有个同父异母的弟弟叫刘交。但为什么刘邦叫刘季，只能去问刘太公了。反正刘邦这个跟他后来的帝王身份非常契合的名字，是萧何帮他起的。

刘邦年轻时在沛县游手好闲，跟同乡的曹氏有了关系，生下了庶子刘肥。网上许多网友求证刘肥名字的来历，还联系到了我居住的城市合肥地名的来源。

当年泗水亭长刘邦不过是个没有朝廷正式编制的街道干部，没有那么高的学问，这个肥字应该就是盼着孩子能吃好喝好身体好吧。

刘邦有一个孙女馆陶公主，叫刘嫖——别想歪了，这个字在这里念第一声“piāo”，指的是体态轻盈的样子。

这位公主的老公死得早，她又养了个男宠叫董偃，想方设法在皇帝面前推荐他。可惜小白脸 30 岁便死了，刘嫖还死在他后面。按照她的临终遗言，小白脸董偃与她合葬在了父亲汉文帝的霸陵。

刘嫖有个女儿叫陈阿娇。传说当年她抱着幼小的侄儿问他，将来要不要娶阿娇。侄儿答应说，不仅要娶，还要给阿娇建一座金屋子。这便是成语“金屋藏娇”的来历。

我们权当这是一个故事就好。这个侄儿后来就是赫赫有名的汉武大帝。

当时他叫刘彘。

所有人都知道，彘是野猪的意思。

后世有人穿凿附会，汉景帝当年梦见一只红猪从云上飘落宫中，随后汉武帝他娘就怀孕生下了他。

哪有那么些神神道道的鬼话！做皇帝才三代的刘家人还是依着民间“贱名贵命”的朴素观念，替这小子起了个类似狗剩一样不入流的小名儿。当然，刘小猪 7 岁那年被立为太子，于是改了个高大上的名字：刘彻。

唐朝女皇武则天为自己生造了一个符合身份的名字：曌。日月同在，天下为空。虽然霸气，但毕竟是生僻字，难得推广。

倒是早她 400 多年的魏文帝曹丕的皇后郭氏，人家老爹有先见之明；发现幼年的女儿秀外慧中，便说：“吾此女，女中王。”给孩子起名：郭女王。

少年时，郭女王父母双亡，寄身在其他官员家中；20 岁时被曹丕纳为侧室，却颇受宠爱。曹丕代汉建魏之后，著名的甄氏失宠，郭女王被封为皇后，终于让老爹的预言成真。

三

当然，皇家的起名比普通人更麻烦。所谓避讳，有一种情形便是，但凡皇帝名字用过的字以及同音字，其他人不得再用，普通的称谓也得换个说法。这样的例子不胜枚举。

唐高祖李渊建立唐朝后，他爷爷、西魏唐国公李虎的名字也成了避讳用字。现在书法家们可以一笔写成的“乕”，就是从唐朝开始传下来的“虎”的异体字。当时唐朝不准写“虎”字，只能用“乕”代替。咱们看《水浒传》，里面提到老虎都称为大虫，也是从唐朝开始的避讳。隋朝有个名臣叫韩擒虎，在唐朝人写的史书里，直接被省掉一个字，叫韩擒了。

同样是唐朝，因为太宗李世民的名讳，所有文字材料中，出现“世”字用“代”字替换，出现“民”字用“人”字替换。当时中央机构三省六部中，管民生这一块的民部改称户部；大慈大悲的观世音菩萨也去掉中间那个字，叫观音菩萨。

宋太祖赵匡胤兄弟三人，二弟赵匡义，三弟赵匡美。大哥做了皇帝后，两个弟弟于是改名赵光义、赵光美。后来老二赵光义又做了皇帝，老三赵光美只得接着改名赵廷美。幸好只是兄弟仨，不然一辈子得跑 N 趟派出所改户口了。

当然，也有例外。汉武帝的曾孙汉宣帝刘询，刚出生就受爷爷戾太子刘据“巫蛊之祸”的牵连，在监狱里长到5岁。因为身体不好，家人给他起名刘病已，希望他的病能早点好，身体健康。

后来历经磨难，18岁时他做了皇帝。有一天，他跟大臣们说：“触犯天子名字是要受到处罚的。我的名字这两个字很普通，百姓容易触犯，所以我改名刘询。以前触犯过‘病已’二字的人都赦免了吧。”本以为相对生僻的询字能减少百姓避讳的麻烦，不料战国时的荀子老先生还是躺枪了。于是，终汉一朝，荀卿都被称为孙卿。

“为尊者讳，为亲者讳，为贤者讳。”避讳如同PS（图像处理软件）手段，让这些尊者、亲者、贤者的历史形象越来越模糊，直至面目全非。这能叫恭敬吗？

辑二　白云苍狗

一直不爱看那些热播的所谓历史剧。即便抛开那一箩筐的史实错误不提，我也接受不了那群腹黑的编剧导演先入为主地给剧中人物强加的“人设”。关于历史人物，我们应该依托史料“视其所以，观其所由，察其所安”。

给曹操打工时，司马懿万万不敢染指大权。到了曹丕、曹睿、曹芳，一代不如一代，司马懿则修炼成了官场不死鸟。究竟是忠臣变坏了，还是庸主成就了能臣的野心？

李纲历经三朝，做了三任太子老师，眼见三个太子一一被废。皇帝是看中他的老实，还是默认了他的悲催？

古代混迹官场如走钢索，戴上伪装者的面具，于步步惊心中完成高难度的政治秀，有几人能收放自如、如履平地？卧底武周的狄仁杰暗自念佛，心灰意冷的宇文虚中一声长叹，看似功德圆满的汤和不过是一只忍者神龟。

官场险恶，坚守底线的秦叔宝被皇帝贴作了门神，耿介的岳飞殉了“精忠报国”四个字，律己的曾国藩律成了圣贤，张扬的左宗棠终究出将入相，只有李鸿章充当了老大帝国的裱糊匠，还背着卖国贼的黑锅 100 多年，怎么也甩不掉。

司马懿：我是一只没有野心的狼

公元 184 年黄巾起义爆发，汉末大乱斗即将启幕。年方 5 岁的司马懿不知道，接下来的群雄纷争将是他大显身手的主场，而他的子孙将成为这段百年乱世的终结者。

一

当初，他父亲举荐了一个叫曹操的年轻人去做洛阳北部尉（洛阳北城区负责治安的副县长）。老爷子很有眼光，年轻人曹操后来成了风云人物。

官渡之战后，广揽人才的曹操听说恩公司马家的二小子是个人才，便想召他来公司。司马懿却借口说，自己有风痹病（瘫痪，半身不遂），床都不能下，哪能上班——仲达同学并不看好曹家的政治生意。至少在当时，他觉得曹操并不是最有潜力的老板。

曹操不是好糊弄的，夜里派了武林高手去司马家打探。司马懿也真能装，就那样直挺挺地僵在床上一动不动。探子回去复命，曹操暂时放过了司马懿。

这个风痹的假毛病司马懿就算得上了，几十年后他还要给曹家的子孙再演一回。

赤壁之战后，曹操再次召司马懿出来做官。这次可是说得明白："若复盘桓，便收之（如果再犹犹豫豫，直接抓你坐牢）。"司马懿只好乖乖去丞相府报到。鉴于司马懿的学问很好，他被安排与曹操的长子曹丕来往。

曹操当政期间，司马懿的工作表现不算特别突出。史书上我们只见到他的两次建言，一次被否定，一次被采纳。尽管如此，但是他作为杰出军事战略家的潜质已经显现。

曹操征汉中的张鲁，司马懿随军。他劝曹操乘胜拿下益州（今四川成都），击破刘备。曹操却以"人苦于不知足"和"得陇望蜀"的典故把他的好意回绝了。

关羽在樊城水淹七军后，大为震动的曹操打算迁都黄河以北。司马懿出来劝阻：这次败仗无伤大局，迁都将会导致人心不稳。他还给出了一条妙计：联络孙权，让东吴牵制关羽，这样就能解樊城之围。

曹操听从他的计策。果然，东吴奇袭荆州，关羽兵败被杀。

诸葛亮和鲁肃苦心经营多年的孙刘联盟，被当时还名不见经传的曹操办公室主任司马懿轻松打破。

曹操不是不识司马懿这个人才，而是太忌惮他。

相传司马懿有传说中的狼顾之相，就是他可以两肩不动，转头 180 度，跟狼回头的动作一样。在古代，人们认为有这种异相的人，多有帝王之志。

好搞笑啊。两肩不动转头 180 度，只能说明他的颈椎很好。

曹操为了证明真伪，有一次便在司马懿背后突然喊他，仲达同学应声回头，果真是两肩不动。曹操大惊失色。

看着儿子曹丕与司马懿因为工作关系走得颇近，曹操便警告曹丕："司马不是甘为人下的人，将来一定会干预我们家族的事。"

不久，曹操病逝。司马懿把老东家的葬礼办得隆重、简朴、务实，让少东家曹丕更加满意。

二

8 个月后，曹丕替他爹补了临门一脚，篡汉自立。作为太子府老臣，司马懿自然不断升迁。

此后 7 年间，曹丕 3 次伐吴，每次都是留司马懿守许昌。这既表明曹丕对司马懿能力的认可，也让我们相信，曹操当初的警告起了作用——曹丕不敢让司马掌握实际兵权。

曹丕 40 岁便去世了；临终前，把司马懿定为三位托孤重臣之一，并明示新君曹睿：“有间此三公者，慎勿疑之（如果有人说他们几位的坏话，你一定不要轻信）。”

最终，曹丕对司马懿是信任的。

和爷爷、爸爸比起来，魏明帝曹睿既不明白，更不睿智。既然父亲把司马懿留给自己，他便让司马懿人尽其才。

东吴两路进犯魏国，司马懿在襄阳大败诸葛亮的哥哥诸葛瑾，升任骠骑将军。这可是朝廷顶级武官的职衔了。不久，曹睿命司马懿驻守宛城，直管荆州和豫州两个军区。

关羽失荆州时，蜀汉的孟达叛逃曹魏，得到曹丕的重用。曹丕一死，孟达再生二心，暗中与诸葛亮联系。得到消息的司马懿一面好言安抚孟达，一面暗中直扑孟达。8天急行军600多公里赶到上庸城，孟达吓得魂飞天外。再用16天，攻克上庸，斩了孟达。

上庸一战让小皇帝曹睿发现，自己身边还有这样一个会打仗的大伯。于是，与蜀汉PK的重任落到了司马懿身上。

230年，曹睿命司马懿与曹真三路出兵伐蜀。偏偏此时雨一直下，下得三路人马落汤鸡一样无功而返。

次年，诸葛亮第四次伐魏，司马懿再披战袍，正面应战。祁山脚下上演了当时中国两个最强大脑的比拼。

“诸葛一生唯谨慎”，不料，司马比他还谨慎。军力不足、粮草不济的诸葛亮急于速战速决，司马懿偏偏坚守不出，熬到蜀军粮草将尽。撤军途中，诸葛亮为司马懿设下伏兵，射杀的却是魏将张郃。

234 年，诸葛亮最后一次伐魏。为了与魏军长期对峙，蜀军在渭水分兵屯田。司马懿依旧坚守不出。无奈之下，诸葛亮只好派人送给司马懿“妇人巾帼之饰”，拿女人的衣服来羞辱司马懿，激他出战。不料，司马懿在曹营早已练就忍者神功，衣服照收，就是不生气，就是不出战。

堂堂卧龙孔明，竟然要靠激将法来逼司马懿出战。足见在旷日持久的魏蜀对峙中，诸葛亮并未占到上风。

当诸葛亮再次遣使下书魏营时，司马懿避开军事，扯起了闲篇：“诸葛公起居饮食如何？一顿吃多少米?”

傻傻的使者如实相告：“三四升。”

再问政事，答：“二十军棍以上的处罚，诸葛公都是亲自批阅。”

使者走后，司马懿对手下众将说：“孔明的生死大限要到了。”

当月，比司马懿还小一岁的诸葛亮病逝军中。

此后，司马懿再征辽东公孙渊，一年之内彻底解决了困扰曹魏数十年的辽东难题。

三

司马懿没有想到，他会两次做托孤重臣。

魏明帝曹睿病重，将太子曹芳托付给司马懿和曹真之子曹爽。

8 岁的小皇帝曹芳对这位 60 岁的司马老爷爷没有任何

意见。但是，同为托孤之臣的皇亲曹爽却对司马老头很不爽。

从曹丕到曹睿，两代皇帝都忘记了曹操的警告，不想曹爽这个官二代竟然有强烈的家族荣誉感。他不允许司马懿这个外人染指曹家政权，建议小皇帝任命司马懿为有职无权的太傅。

时值东吴四路大军入侵，司马懿主动请缨，大破吴军。为了立威，身为大将军的曹爽主动攻蜀，结果大败。

继而在诸多军国大事上，曹爽屡屡与司马懿意见相左。面对曹爽的一意孤行，大臣们纷纷向司马懿抱怨，不料老司马的回答是："且止，忍不可忍。"这句金句翻译过来就是，不要跟曹大将军争执，我们现在要做的就是忍让，忍我们不能忍的。

这边曹爽咄咄逼人地抢班夺权，那边69岁的司马懿干脆回家休病假。

曹爽怀疑有诈，便派新任荆州刺史李胜前往探病。

40多年前的风痹病故伎重演，司马懿驾轻就熟。侍女替他穿衣，他连衣服都拿不住，掉在地上。侍女喂他喝粥，他连张口接汤匙都接不住，汤水全撒到前襟上。两人交谈时，司马懿故意装作耳背，答非所问。

李胜回复曹爽："司马懿就剩一口气，活不了几天了。"

于是，曹爽对司马懿不再设防。

而司马懿已暗中将枪口对准了曹爽。

次年正月，曹爽和亲信们陪同小皇帝前往高平陵祭扫先帝。司马懿立即进宫奏明太后，请求罢免曹爽等人，同时派人控制了都城洛阳。

此时，司马懿并不能说胜券在握，因为小皇帝在曹爽手中。亲信建议曹爽，挟皇帝去许昌，发文书召天下兵马勤王。

曹爽空有一腔争强斗狠的心气，却长着一个猪脑子，不但不用此计，反而派人去见司马懿打听动静。

司马懿对着洛水发誓，如果曹爽服罪，朝廷只免去他的官职，保他全家平安。

天真的曹爽缴械投降。一回到京城的家中，便被软禁。不久，曹爽及其党羽均因谋反罪被满门抄斩。

四

与此同时，小皇帝封司马懿为丞相，司马固辞不受。后又加九锡之礼，司马又是固辞。

这一幕让人想起了36年前汉献帝封曹操为魏公，加九锡之事。

所谓九锡，指的是皇帝赐给有特殊贡献的重臣的九种礼器：车马、衣服、乐器、朱户、纳陛、虎贲之士百人、斧钺、弓矢和秬鬯。问题不在这九件礼器，而在于之前接受九锡的人物。他们是：王莽、曹操、孙权……

大家基本可以明白接受九锡的意涵了。

司马懿没有接受。

在生命的最后半年，司马懿抱病领兵前往武丘，除掉了意图谋反的王凌。皇帝再度加封他相国、安平郡公。司马懿仍旧固辞不受。

去世时，家人遵照他的遗愿，辞让相国和郡公，一切丧事从简——原来你什么都不想要。

12 年后，司马懿的次子司马昭被封晋公，升相国，接受九锡之礼。一个月后，魏军灭蜀汉。

再过两年，司马懿之孙司马炎代魏称帝。45 年前的曹家故事重演。

五

据说曹操当年梦到“三马食于一槽”，觉得是有三个姓马的要伤害曹家。他把当时的政治对手想了一圈，锁定了西凉军阀马腾、马超和马岱——马超父子躺枪了。从后面的历史看，此三马应为司马家的人。

总有人用因果报应来解释刘家、曹家与司马家的恩怨。我以为，有狼子野心的是司马懿的子孙，而拥有所谓狼顾之相的司马懿，其实是曹家的一头战狼。为了魏国的政治版图，西拒诸葛，南破孙吴，近取上庸，远征辽东，确保了魏国的长治久安。甚至与曹爽的政治斗争，也在客观上帮助皇帝筛选掉了一个不成器的官僚。司马懿兢兢业业数十年，为了曹家的帝业鞠躬尽瘁，死而后已。

与其说司马懿处心积虑取得了曹氏集团的领导权，不如说是历史选择了司马懿。

寒门庶族出身的曹操，梦想在东汉衰朽的士族朝廷上，重新建立一个非士族的法家寒族政权。最终曹丕代汉建魏，代价却是与士族集团妥协。九品中正制便是士族的胜利，曹操的梦想破灭。

士族的公司自然要由士族来管理。于是，最有能力的司马氏被推到了台前。曹魏忠臣司马懿所做的一切，说到底就是为子孙的王朝大厦夯实地基罢了。

但是如果由此推断司马懿早就居心叵测，那又未免太冤枉他了。

曹操至死没有篡汉，因为他不敢。他充其量只是“把黄袍当衬衫穿在里面”（翦伯赞语）。但是一旦曹丕将皇袍穿到外面，即便曹操死了，他的汉贼之名也还是在天下人的眼中坐实了。

聪明绝顶的司马懿不可能不吸取前车之鉴。不过同样道理，他管得了自己行事低调，却管不了儿孙窃国篡位。

都说司马昭之心，路人皆知。司马懿的心思却无人知晓。

司马懿是奸，是忠？

我们无法准确判定，只觉得他的故事用“坑爹”一词来总结，颇为贴切。

李纲：太子老师，还是太子克星

他历经三个朝代，受三位皇帝重托辅佐太子，结果却是两个太子被废，一个太子被杀。他究竟是官场不倒翁，还是超级扫帚星？他叫李纲。不是那个被坑的老爹李刚，他的学生却多是坑爹的主儿，坑的不是李纲，而是他们的皇帝老爹。

一

李纲，原名李瑗，因为仰慕东汉名臣张纲刚直不阿的品质，改名李纲。史书上说他“慷慨有志节，每以忠义自许”。

李纲这样的直肠子性格似乎并不适合在官场生存，偏偏他又选择了庙堂。并且，他的运气好像一直不好，遇上的领导都是倒霉蛋儿。

最初，李纲在北周的齐王宇文宪身边做参军事。这位皇亲宇文宪有能力、有人缘，却招来新即位的宣帝宇文赟的猜忌。小皇帝让人找来宇文宪身边的人进行栽赃陷害。找到李纲时，他誓死不从，没有说一句违心的话。

李纲有良心，不代表其他同事有良心，宇文宪最终被皇帝罗织罪名而处死。当宇文宪的尸体被一辆没有帏盖的车子从宫里推出来时，他的老部下一哄而散。只有李纲扶着棺材号啕大哭，并亲自挖坑把宇文宪埋葬。宇文宪有个不到二十岁的女儿，丈夫也去世了，一个人孤苦伶仃，李纲便把她接到家中，像对待自己的女儿一般照顾，直到李纲去世。

二

好心总会有好报。李纲的有情有义被北周权臣杨坚看在眼里。等到杨坚代周立隋，他任命李纲为太子洗马，辅佐太子杨勇。

这里解释一下，太子洗马不是说这人天天替太子给马匹洗澡。最初这个官职叫太子先马，指太子外出时在太子马前替他开道的，也就是太子的侍从。后来“先马”被误写成了“洗马”，大家便将错就错都写“洗马”，但洗字念“xiǎn”。太子洗马的职责主要是辅佐太子政事和文理。

太子杨勇喜欢玩乐，岁末年初时召集手下在一起开通宵派对。他的左庶子唐令则有文采，还懂音律，所以在宴会上又弹琵琶又唱歌，玩得很疯。

耿直的李纲在一旁看不下去了，站起来告诫杨勇："唐令则是您的下属，不想着做好工作，跑在这里像伶人一样又唱又跳，成何体统！如果被皇帝知道了，岂不是要连累太子？请您治唐令则的罪!"

杨勇不以为然："您别多管闲事，我只是想听歌而已。"

李纲愤然离席。

杨勇放荡不羁，最终被废。

对此，隋文帝杨坚十分生气，大骂杨勇身边的从属。这时，耿直的李纲又站了出来："今天的局面，是陛下您不教育太子的过错，不能全怪太子。太子的天资不算出色，跟着贤良的人就能学好，跟着坏人则会变坏。他身边成天都是浪荡子弟，怎么会好呢?"

杨坚反问："我让你在东宫工作，就是为了教育太子。难道我选错人了?"

李纲不慌不忙："臣在东宫不错，但是我多次进言，太子不听。"

幸好隋文帝不是昏君，欣赏李纲的仗义执言，把他升为尚书右丞。

当时，奸臣杨素、苏威得宠，李纲不肯与他们为伍。时逢大将刘方讨伐林邑（今越南中南部）。杨素趁机对隋文帝说："越南那里珍宝很多，不是正直的人不能前往。"推荐李纲做行军司马，实际就是把李纲赶出朝廷。

从长安到越南，千山万水，主将刘方又是杨素一伙的，处处刁难李纲，差点害死他。等到大军回朝，独独把李纲留在越南，不久又调李纲去南海接待越南使者，反正就是不让李纲回朝。

后来李纲有机会回朝奏事，苏威等人却以擅离职守为名，将他交给执法官吏处理。

倒霉透顶的李纲遇上一个算卦先生，便卜了一卦。打开一看，是《易经》里的《鼎》卦。算卦的解释说："《鼎》卦是变革之卦，所以您得等到改朝换代才能实现自己的公卿志向。现在宜隐退，不然就有大祸。"不久，李纲得到赦免，于是辞官归隐在陕西鄠县。

此时，隋朝已是风雨飘摇。西域胡族商人何潘仁趁乱拉起了几万人的队伍，听说李纲在这，硬逼着李纲做了他的长史（秘书长）。

三

再后来，何潘仁的部队被收编，李纲也归到李渊的序列。等到大唐开国，李纲被封为礼部尚书兼太子詹事。看来对这个老同事的品行和才能，李渊是肯定的。

太子建成喜欢泡温泉，李纲常常以身体不适为由，不跟建成前往。建成泡完温泉，有人献上鲜鱼。这时，几个手下争着说自己能烧得一手好鱼。建成便说："烧鱼你们在行，处理军国大事，还得靠李纲李老师。"显然，建成也很肯定李纲的才德。

可惜，建成和杨勇一样，都有个虎视眈眈的二弟。渐渐地他开始亲近不法之徒，猜忌朝廷对自己的看法。李纲时常规劝，但没有效果。无奈之下，老李向高祖李渊递了辞职报告。

李渊很恼火："你在何潘仁那种杂牌军里都能做秘书长，为什么不愿做朕的尚书？"

李纲答："何潘仁确是杂牌军长，经常滥杀无辜，但是只要我劝谏，他就能停止。做他的秘书长，我无愧。陛下您大功告成，却自以为是，我提意见就像投石入水（没有作用），我哪还敢做尚书呢？并且您让我辅佐太子，太子也不听我的意见，所以我要辞职。"

听到李纲的肺腑之言，李渊和当年隋文帝杨坚一样，赶忙道歉："朕知道您是正直的人，希望您能一直辅佐我儿子。"不仅没有让他辞职，还加授他太子少保。

有了皇帝的支持，李纲又给太子上书："殿下每天饮酒过量，不是养生之道。作为太子，一定要孝敬谨慎，以宽慰圣上。不要听信那些歪理邪说，与朝廷产生隔阂。"太子看了很不高兴，更加放纵。李纲郁郁不得志，不久再次请辞。高祖只好颁发褒奖诏书，免去他的尚书之职。

"不听老人言，吃亏在眼前。"太子建成在 7 年后尝到了苦头，血洒玄武门。

四

太宗李世民即位，84 岁高龄的李纲又被召回朝廷，做的还是太子少师。

李世民考虑到老李头腿脚不便，特批他可以乘步舆（几个人抬的代步工具）上班。每次老李去东宫，太子承乾都在门前恭候，搀扶老李进屋。做了一辈子太子老师，老李把所有的希望都寄托在年轻的承乾身上，希望他成为一个优秀的皇位继承人。每次太子亲政，他都与房玄龄、王珪这些名臣陪同。史书上说他“每吐论发言，皆辞色慷慨，有不可夺之志”。

但是岁月不饶人。第二年，85 岁的李纲逝世。朝廷追赠他开府仪同三司，享受宰相级别待遇。同时，给老李的谥号为“贞”。所谓：清白守节曰贞，大虑克就曰贞，不隐无屈曰贞。李纲担得起这个“贞”字。

12 年后，太子承乾被废，三朝太子师李纲终究未能培养出一个合格的太子。

五

回顾李纲的太子师之路，他尽心竭力，认真工作，缘何事与愿违？

问题出在太子身上。

太子们只是命好，生在了帝王家，天资却多是泯然众人。“生于深宫之中，长于妇人之手”，江山社稷是他们生命中不能承受之重，锦衣玉食、前呼后拥倒成了他们生命中无法割舍之轻。所以，太子们不知轻重，不辨妍媸。

我曾经说过，帝王师在皇帝眼里如同夜壶，危难时救急，烦你时一脚踢开。其实太子师的待遇比帝王师好不了多少。同时，太子毕竟只是实习皇帝，随时可能被换掉，所以太子师更像是橡皮图章。电视剧里咱们听起来特有感觉的太子太师、太子太傅、太子太保、太子少师、太子少傅、太子少保，这些所谓“太子六傅”都不过是荣誉虚衔，名片上写着好看的。

李纲德才兼备，是帝国的模范标志。有他在太子东宫办公，便可彰显朝廷的英明、太子的勤勉。至于太子究竟能从李师傅身上学到多少东西，不是皇帝关心的。这也就是为什么李纲教不出好太子，却屡屡被请出做太子师的原因。

平心而论，李纲的三个太子学生中，建成的资质最好，但他的政治对手二弟李世民资质更强。两人 PK 中，一不留神建成栽了跟头。假设玄武门之变中胜出的是建成，他能成为一代明君吗？很难说。那李纲老师能因此成为名垂千古的一代帝王师吗？天晓得。至于那个李纲只教过一年的太子承乾，心浮气躁，患得患失，即便李纲不死，也肯定会被承乾气得继续递辞职报告。

李纲的政治履历很完满，李纲的人生却充满郁闷；李纲的工作很认真，李纲的太子学生却一个赛着一个地让老爹失望；历经三朝，李纲的故事很奇特，身处帝国时代，李纲的遭遇其实很普遍。

朝堂上的伪装者

伪装者的目的都是相似的，可伪装的面具却各不相同。

一

神探狄仁杰或许可以看作武周政权里最大的伪装者。面对武则天改天换地的所谓政治“革命”，狄仁杰没有似徐敬业、骆宾王等人鲁莽地拍案而起，也没有像来俊臣、周青之流跪舔乞怜。在女皇帝恩威并施的朝堂上，戴上了一副平静如水的政治面具的狄仁杰，宛如一个卓尔不群的政治不倒翁，不李不武，不偏不倚地尽着自己的官僚本分。对于誓死效忠李唐的旧臣，他没有落井下石；对于新的武周帝国，他从来就没说过一句带有否定腔调的批评。

已历太宗、高宗两朝的他尽忠职守，一如既往地为龙椅上的皇帝（虽然已是姓武的女皇帝）恪尽职守。甚至遭到酷吏来俊臣诬陷后下狱，狄仁杰仍能保持一颗平常心，从容应对，最终使自己平安脱险，并再次得到女皇帝武则天的信赖。

在狄仁杰看来，武则天的上位是李唐皇族优秀基因集体缺失的必然结果。更何况武则天的政治才能足以接下“煌煌太宗业”，并能将其发扬光大。那么她来当皇帝又有何不可呢？狄仁杰还知道，年近古稀的武则天来日无多，她是李唐王朝的媳妇，她身后的接班人肯定还是姓李，武周帝国只不过是大唐王朝的一段插曲罢了。所以为今之计就一个字：熬。与其做那些无谓的抗争，不如辅佐女皇帝开创一个比贞观朝更牛的盛世，为将来李唐皇族的子孙留下一份更大的家业。于是，李唐王朝的两朝老臣狄仁杰华丽转身，成为武周政权的股肱之臣。

作为伪装者，狄仁杰身负三项历史使命：确保帝国稳定发展，确保李唐皇族的子弟成为帝位当仁不让的接班人，发现并提拔一批政治人才。作为杰出的政治家，狄仁杰经世治国的才干无须赘述，他在武周一朝的所作所为，为后来玄宗朝的开元盛世默默添上了一车薪、一把火。

在武则天的皇位继承人问题上，狄仁杰不遗余力地替李唐皇氏子孙争取机会。特别是在武三思和武承嗣这两个武家侄儿阴谋僭越储君之位时，狄仁杰巧妙地以“百年之后，侄儿不会为姑姑配飨太庙”一说点醒了犹豫不决的老姑妈武则天，为中宗李显和睿宗李旦抢回了皇储竞赛的入场券。

而在人才保护和发掘上，当时已近垂暮之年的狄仁杰不仅救下了许多忠臣良将，还提拔了张柬之、崔玄暐、姚崇、敬晖、桓彦范等一批后来在玄宗朝大放异彩的优秀人才。

当所有的事情安排妥当后，年迈的伪装者狄仁杰闭上了眼睛。女皇帝闻之大哭，追赠狄公文昌右相，谥号文惠，并废朝三日。

5年后的正月，狄公提拔的张柬之、敬晖、桓彦范等人发动政变，逼迫武则天退位，拥立中宗李显登基。一切都按伪装者狄公的安排顺利完成。但是，高明的狄公始终没让我们揭开他那张深不可测的伪装者面具。

或许聪明绝顶的女皇帝武则天早已觉察狄公的伪装者面具，只不过她也没有揭开罢了。她看清了伪装者的面具，更了解面具背后狄公为国家计的良苦用心。君临天下的武则天需要鹰犬爪牙，更需要治世能臣。环顾朝廷内外，才比狄公的能有几人？更何况，狄仁杰为了保住江山社稷，保住李唐宗业，同样是为了保全她的女皇名声。武则天再牛，也只是一个生活在公元7世纪的中国女人，她可以赢得一时的风光，却抗不过礼法制度，死后注定要回归夫家李氏宗庙。狄公所为不仅助她完成了一次完美的政治秀，并且为她保留了配飨太庙的可能。她要感激伪装者狄仁杰。

二

相比狄仁杰的圆满伪装，宇文虚中的伪装则充满悲愤与无奈。

大才子宇文虚中只能怨自己错生在了两宋之交。当初奸臣童贯等人怂恿徽宗皇帝与金国签定海上之盟联金灭辽，耿直的宇文虚中便上书谏阻，结果被降了职。后来金兵灭辽并南下，宇文虚中又被派去跟金兵讲和。到金兵北撤，他却因议和遭人弹劾。北宋亡国，宇文虚中跟随高宗皇帝辗转南迁。建炎二年（1128），朝廷又要派使臣出使金国。大臣们都知道这是有去无回的要命差使，谁都不愿伸头。只有宇文虚中愿意前往。果然，一到金国，他就被人扣押了。

不过金国朝廷里还有明白人，发现宇文虚中是个人才，放他出来做了翰林学士。宇文虚中肚里真有墨水，一点不虚，在治国方面稍微露了几手，就让金国人竖起大拇指，一年后便被升为制诰兼太常卿，皇帝尊称他为“国师”。这时，宋金关系稍有缓和，金方要放扣押的宋使南归。别的宋使巴不得赶紧回家，不料这位宇文国师却说：“二圣（宋徽宗的梓宫、宋钦宗）未归，我不能回去。”金国人非常高兴，继续给他加官晋爵。

他们哪里知道，宇文虚中决定忍辱负重，潜伏在金国，以伪装者的身份为南宋朝廷提供情报，同时想方设法干扰金兵的南侵计划。

不怕没好事，就怕没好人。金国的代言人秦桧这时回到南宋任宰相，宇文虚中的伪装者身份被秦桧密报给了金国。金国皇帝大惊。一方面他们依赖宇文虚中的才干，需要宇文为他们制定典章制度；另一方面，他们又无法容忍这样一个伪装者隐藏在朝廷之上玩“碟中谍”。

在宇文背后捅上一刀的还是自己人。汉奸秦桧给金人献上一条毒计：以官方名义向南宋朝廷索要宇文虚中的家属北迁。宇文虚中闻讯立即派人密奏宋高宗：“若金人索我家属，就说我的家属早已在靖康之乱中失散。”这实在是再简单不过的一种搪塞了。可赤胆忠心的宇文虚中万万没有料到，自己的舍生忘死在宋高宗眼里竟然不及金人的一声呵斥。高宗乖乖命人将宇文虚中的两个儿子宇文师瑗和宇文师琮从福建抓回来，派人强行送往金国。其间，师瑗偷偷让弟弟师琮从海上逃跑，却被官兵截回。终于，一家人在金国含泪相见。宇文虚中发现，自己的面具让卑鄙的旧主给残忍地揭开了。

一个被提前揭面的伪装者还有多少存在的价值？4 年后，有传言说宇文虚中与部分宋朝俘虏密谋造反南归。于是他被捕下狱，但审讯时却没有任何有力的证据。金国人便从宇文虚中家中藏书里断章取义，找出所谓诬蔑朝廷的字句，依此将其满门抄斩。

另有野史记载，宇文虚中谋划救出囚禁在金国的宋钦宗，一起南归，不料被人告密。宇文虚中情急之下发兵冲击金熙宗的皇宫，差点杀了皇帝。可惜最后没有成功，全家被杀。

不论何种情形，伪装者宇文虚中最后的结局都是悲惨的。更可悲的是，《金史》说他是贰臣也就算了，在《宋史》里，宇文虚中却被指失节。究竟是宇文虚中的伪装者面具被无耻地揭开了，还是他又被扣上了汉奸的面具？我彻底无语了。

三

众所周知，在朱元璋手下做官属于高危职业。越牛的人才死得越惨。徐达、刘基、李善长、冯胜、朱亮祖、胡惟庸、蓝玉……称得上明英烈的大都被朱元璋收拾完了。勋臣宿旧里，只有汤和是唯一善终者。什么原因呢？因为汤和是伪装者。

汤和跟朱元璋同乡，比他还大 3 岁。史书上说他“幼有奇志，嬉戏尝习骑射，部勒群儿。及长，身长七尺，倜傥多计略。”翻译过来就是说，汤和从小就胸有大志，会武术，小时候就有领导才能；长大后有谋略，在颜值上更是高出朱元璋一大截。

虽然同在郭子兴的起义军中效力，但汤和“独奉约束甚谨”，就是说汤和处处小心谨慎，听从朱元璋的指挥。看到这里，我只能说汤和这人有先见之明，能预知未来，看到了朱元璋是支了不得的潜力股，更看出朱元璋是只可以共苦、不能同甘的白眼狼。所以从和朱元璋共事开始，他就戴上了伪装者的面具。

都说明初第一智者非活神仙刘伯温莫属，要我说，最聪明的是汤和。刘伯温再聪明，还是没逃过胡惟庸的慢性毒药。对于生命个体来说，善始善终才是圆满。这一点汤和做到了。人称“沉敏多智数”的汤和常常借着好酒这一条，以酒盖脸犯些错误，让朱元璋抓住自己的小尾巴。早在镇守常州时就玩了一把“自黑”。他向朱元璋请示某事，未得批准。于是他在一次酒醉后说：“吾镇此城，如坐屋脊，左顾则左，右顾则右。”言下之意是，你朱元璋别拿我老汤不当干部。我坐镇常州前线，可以追随你朱元璋，也可以投降苏州的张士诚。

后来这件事每每被朱元璋提起，数落汤和的小气。而汤和的每次征战也总是不完美，总要出点问题，留点遗憾。久而久之，在朱元璋的心里，汤和就是一个能力平平、毛病不少的庸官。于是，他连朱元璋重点监控防备的功臣名单都没排上。洪武三年（1370）大封功臣时，职位最高的6个国公中，没有老资格的汤和，他只得了次一级的侯爵。直到8年后老汤才混上国公。

待天下安定之时，还没等朱元璋下令收回武将的兵权，汤和第一个跳出来：“愿得归故乡，为容棺之墟，以待骸骨。”我猜想他一定是读过《宋史》里的“杯酒释兵权”这一段。面对这样一个没出息的下属，朱元璋自然高兴，赐他金银回老家买地盖房，衣锦还乡。此后，汤和还被朱元璋启用过一次，去平定东南沿海的倭乱，再立战功。洪武二十八年（1395），70 岁的汤和寿终正寝。朱元璋下诏追封汤和东瓯王，谥号襄武。要知道，在这期间朱元璋发动了胡惟庸案、蓝玉案两次大案，牵连处死 3 万余人，朝堂上开国功臣几乎被斩尽杀绝。只有在家含饴弄孙的伪装者老汤头平安无事，得以善终。聪明的伪装者汤和躲过了朱元璋 X 射线般的盘查。

都说“伴君如伴虎”，又说“人在江湖飘，怎能不挨刀”，所以出来混，还是戴上一张伪装者的面具比较安全。

少年子弟庙堂老

京剧《红鬃烈马》里有段著名的唱词："少年子弟江湖老，红粉佳人两鬓斑。三姐不信菱花照，容颜不似当年彩楼前。"让少年子弟老去的，何止是江湖。庙堂，同样让每一个此间的少年十分钟年华老去。

一

《三国演义》后半段诸葛亮一出祁山时，关张赵马黄五虎上将只剩下白发银髯的赵云。当年长坂坡前银枪烈马的子龙将军威风不再，凤鸣山一战竟然被夏侯楙这样的宵小之徒轻松诱入包围圈，幸亏关兴、张苞二位小将出手相救，才保住常胜将军的一世英名。赵云不服老，结果，不得不服。

楚汉相争的故事固然精彩，可惜只有短短 4 年。汉高祖刘邦在位也不过 7 年。于是，所有主人公都如过客般匆匆闪过。韩信被杀了，彭越、英布被灭了，萧何紧随刘邦驾鹤西游，只留下曾经的智者张良。此时，运筹帷幄的子房先生不再能决胜千里，而是被吕后绑架着替她跟戚夫人玩宫斗，最终保住了太子刘盈的皇位。身心俱疲的张良看破官场之事，决定“弃人间事，欲从赤松子游耳”。人家学的是辟谷养生，结果霸道的吕后非逼着他吃肉喝酒，张良“不得已，强听从食”。他无奈地发现，聪明原来也是有期限的。此后 8 年，老去的张良寂寂无声，直至逝世。

二

张良的苦，只有唐朝的秦琼能懂。

抛开评书演义里叔宝秦二哥的侠义故事不提，单说历史上真实的秦琼。他本是隋朝一名颇有勇力的职业军人，兵败投降了瓦岗寨，后来又投靠了洛阳的军阀王世充，最后才投的大唐。身逢乱世，秦琼硬是一刀一枪拼出了功名富贵。但是在唐太宗著名的凌烟阁二十四功臣里，秦琼却位列最后一名。原因何在？

唐高祖李渊 3 个儿子的权力争斗早已白热化，秦王李世民与太子李建成、齐王李元吉势同水火。在那场著名的骨肉相残事件——“玄武门之变”中，秦琼没有露面。相反，资历不及秦琼的尉迟恭这次的表现格外抢眼。不仅亲手射杀齐王李元吉，并且带剑入宫，催逼皇帝李渊下诏给

“玄武门之变”做政治定性，并立秦王为太子。于是，凌烟阁功臣榜上，尉迟恭名列第七。尽管民间家家户户的大门上，门神秦琼、尉迟恭分列两边，但在大唐的朝堂之上，尉迟恭的官阶俸禄明显高过秦琼（当时尉迟恭的封邑是1 300户，而秦琼只有700户，少了近一半）。

当年秦琼还在隋朝大将来护儿手下当兵时，来护儿就曾评价秦琼：“此人勇悍，加有志节，必当自取富贵。”别看来护儿出身行伍，但“志节”二字的评价说得极为精准。秦琼不是一个头脑简单的军人，而是有志向、有道德标准的豪杰。战场上的血雨腥风没有玷污他的双眼，朝廷上的尔虞我诈没有迷惑他的心灵。在李家兄弟剑拔弩张之际，他选择了离开。最终，满身创伤的他被李世民抛弃，寂寞地度过他的余生；死后只被追赠徐州都督，直到一年后，才被改封胡国公。当然，秦琼的勇力还是为李世民所欣赏，于是陪葬昭陵——继续守护李世民。

相比之下，我对同样是战神级的尉迟恭有些不齿。与秦琼的“有志节”不同，尉迟恭就是一个没有是非感，或者说利令智昏的杀人工具。他所标榜的耿耿忠心，在李世民眼里不过是咬人的狼狗本分。

三

庙堂一如江湖，老去的不仅是年纪，还有心态。这一点，宋太祖赵匡胤的殿前都指挥使（卫队司令）杨信颇有体会。

公元643年，唐太宗李世民在宫内修建凌烟阁，纪念和他一起打天下的24位功臣，命画家阎立本按真人比例画出这些功臣的画像，悬挂于阁中。胡国公秦琼位列第24位。

提起杨信，多数人并不熟悉，但他的经历却耐人寻味。他原名杨义，后来因为避宋太宗赵光义的名讳改为杨信。早在后周时，他就是赵匡胤的贴身卫队军官。待赵匡胤黄袍加身后，杨信从马步军副都军头、殿前都虞候、仪仗都部署，一路被提拔至殿前都指挥使。

杨信原先的顶头上司、马步军都军头张琼一直都是赵匡胤的贴身卫士长，曾在战场上用肉体替赵匡胤挡过弩箭，颇得皇帝器重。偏偏这样一个人恃宠而骄，后被人举报多项不法行为。面对宋太祖的当堂质问，张琼拒不承认。皇帝一怒之下命人用铁挝抽打他，并赐死。后经查，指控不实。赵匡胤很是后悔，优恤了张琼的家属。

张琼死后第三年，接他班的杨信突然得了怪病，口不能言，成了哑巴。赵匡胤闻讯，亲自过府探望，并拨了银子让他治病。尽管杨信不能说话，但并不影响当差。一次有人谋反，计划外泄，宋太祖吩咐杨信抓人。一夜光景，杨信便把参与的19人全部逮捕归案。赵匡胤曾经在后宫的大池塘里操练部分水军，金鼓大作，杀声嘈杂。在玄武门外守卫的杨信听到动静，赶紧闯宫护驾。听到皇帝的解释，杨信才拱手退出宫外。望着哑巴卫士杨信的背影，赵匡胤对左右感叹：“真忠臣也。”

宋太宗赵光义继位第三年，杨信病逝。令人称奇的是，杨信临死前一天，多年的哑巴突然能开口说话了。这事让宋太宗也吓了一跳，赶紧过府探视。人之将死，其言也善。涕泪横流的杨信一个劲儿地感谢两朝天子的“恩宠隆厚”。

宋太宗也格外感慨，一面安慰老臣好好养病，一面赐给他家许多珍宝。

这个传奇一般的故事，你相信吗？不管你信不信，反正我不信。

在我看来，杨信的哑巴病跟前任张琼的死有关。张琼的前车之鉴让杨信不寒而栗。他深感伴君如伴虎的危险，为了保全自己，他决定采取非常手段——装聋作哑。用这种自残的方式换取皇帝对自己的信任，并且实际操作执行中，杨信做得滴水不漏。在走到生命尽头之际，杨信又考虑到自己的家人和子孙，为了家族的平安富贵，杨信决定再秀一回忠心，让自己突然病愈，泣谢两朝天子的恩典。不出意料，龙颜大悦，既表彰了他，又恩赐了他的家人。你好我好大家好，大团圆的完美结局。心思缜密到如此地步，当官当到这个份上，我只能说杨信在官场成精了。

电影《无间道3》里，陈道明老是在重复一句话：“从来都是事情改变人，人改变不了事情。”庙堂，或者通俗点说官场，从来都是和江湖一样深不可测的地儿。所谓“一入江湖岁月催”，悲催的何止是年华，还有每一个局中人的心志。老是一种人情的历练，更是一种世故的发酵。老是秦琼嘴角的一丝苦笑，还是哑巴杨信12年后重新发声的那一声叹息。

岳飞等不到除夕夜

公元 1142 年 1 月 27 日，农历是南宋高宗绍兴十一年腊月二十九。在江浙一带，这一天同腊月二十四一样，都唤作小年夜。只可惜，有人饮不到这一年除夕夜的屠苏酒了。他就是岳飞。

一

自前一年十月十三日被关进大理寺，这位帝国昔日的名将已经被折磨成名副其实的阶下囚了。尽管那一连串荒唐可笑的谋反指控漏洞百出、缺证少据，可是秦桧一句“莫须有”便让所有的子虚乌有在一片似是而非的猜测中坐实了。

但是，被告岳飞不相信！因为他笃信“天日昭昭”，因为皇帝曾御笔亲书“精忠岳飞”，因为“靖康耻，犹未雪”。只要女真铁骑盘踞中原，只要汴京没有收复，自己和岳家军就是帝国最倚仗的长城。

他的逻辑确实没有问题，但问题在于高宗皇帝的逻辑更有深意。

曾经的九皇子康王赵构本来与皇位无缘，却因为亡国时不在京城，不仅躲过了北国为奴的噩运，还意外成了延续赵宋国祚的不二人选。既然皇位来之不易，赵构便格外警惕各种威胁以及潜在威胁。在他眼里，父皇徽宗赵佶是可怜的，皇兄钦宗赵桓却是可怕的。靖康耻可以雪，但徽钦二帝（确切地说是钦宗）却是万万不能活着回来的。

在高喊“北伐”政治口号的同时，赵构心中默念：有皇位便好，哪怕漂流海上，哪怕割地称臣，哪怕岁币翻番，皇位永远比江山重要。

岳飞是个好臣子，有能力、有操守、有担当，唯一的“缺点”是不党不私、不食人间烟火。这样一个光芒四射的古今完人跻身官场，不应该叫格格不入，而是“伤”人太重了。

高宗曾问岳飞：“何时得太平？”他的回答是：“文官不爱钱，武将不惜死，天下太平矣。”好一个“文官不爱钱，武将不惜死”！一语既出，整个官僚集团黯然失色。天下是太平了，但官不聊生了。皇帝同样无所适从，官员都成道德模范了，朕该如何统御？

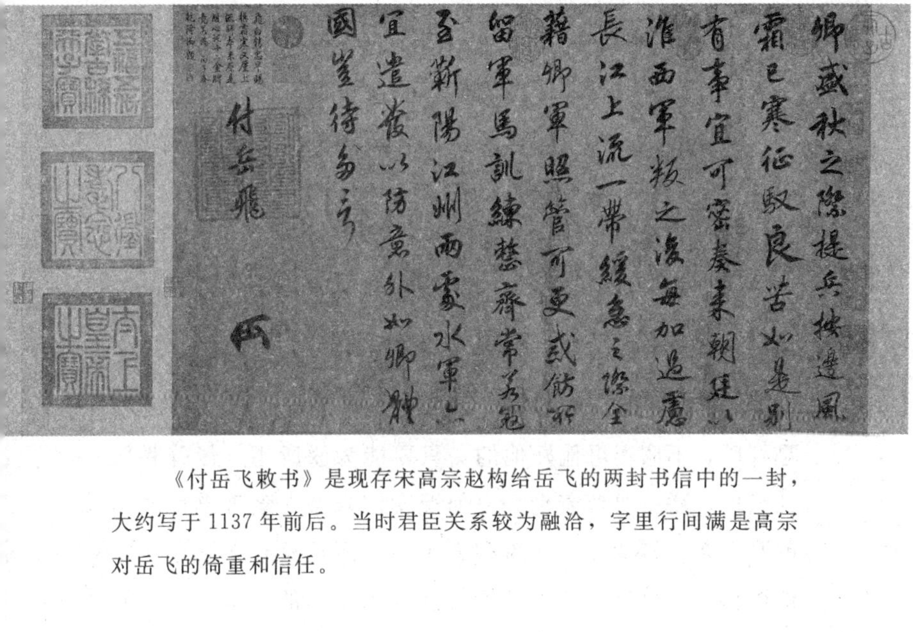

《付岳飞敕书》是现存宋高宗赵构给岳飞的两封书信中的一封，大约写于 1137 年前后。当时君臣关系较为融洽，字里行间满是高宗对岳飞的倚重和信任。

当初高宗皇帝笔误，在表彰报告上写了个“精忠岳飞”，于是大家都跟着说“精忠报国”了。“尽忠报国”也好，“精忠报国”也罢，忠孝之道早已渗入岳飞的皮肉，融入他的灵魂。他天真地认为，报国便是忠君。于是，舍我其谁的责任感和强烈的主人翁意识令他摆不正自己的位置，屡屡越俎代庖。他一次又一次坚持己见不听调遣，一次又一次冲撞皇帝的忍耐底线，一次又一次在皇帝原谅他之后又不长记性。

二

相比之下，秦桧才懂皇帝的心思，对内谨奉高宗，对外虚与委蛇，千方百计保住高宗的皇位。从上到下，大家都骂秦桧是奸佞，高宗可不是傻子，有自己的考虑：秦桧是奸臣，不假；可他奸他的，只要能为朕所用，帮着朕保住皇位，朕就要留着他。更何况卖国求荣，陷害忠良这样的脏活儿、累活儿，总得有人来做，而且只有无耻之徒才能胜任。千百年后，子孙后代的臭鸡蛋扔的是秦桧，朕何乐而不为？

其实岳飞也不过是皇帝手边的弓刀。官家有难，自然是弓上弦、刀出鞘加以护卫。任务完成，则必须乖乖地弓入壶、刀还匣。如果不听指挥，惹得官家不爽，皇帝自然有办法收拾，都说“飞鸟尽，良弓藏”，即便飞鸟未尽，皇帝同样可以舍了良弓、折了宝刀。

然而大理寺大狱两个多月的牢饭似乎并未让岳飞“洗心革面”。万俟卨呈上的本案卷宗里，岳飞没有一句悔过自新的软话，他还是那样不解圣意。

是真的不懂，还是另有想法？高宗皇帝开始怀疑岳飞的政治动机。

岳飞手中掌握着帝国半数以上的国防军，战斗力惊人，人称“岳家军”。这不就和唐末五代“朱李石刘郭”那帮僭越皇权的军阀一般不二吗？他愈发觉得当年太祖皇爷赵匡胤“崇文抑武”的政策无比英明。

虽然按照法律，这次岳飞顶多只会判两年徒刑，但秦桧和万俟卨坚持：“捉虎容易放虎难。”既然岳飞死不悔改，那就让他去阴曹地府面壁思过吧。

自太祖赵匡胤定下“不杀士大夫及上书言事者”的铁律，百余年间本朝未曾有一人因言丧命。然而乱世却没有那些好脾气了。16 年前，太学生陈东和布衣欧阳澈自恃公知大 V，妄议朝廷，批评天子，高宗皇帝不得不杀之后快。这次岳飞算是第三个吧。

明日除夕，后天便是春节，开年杀人总是不吉利。那就今天吧。高宗于是下旨：“岳飞特赐死，张宪、岳云并依军法施行。”

天黑之前，张宪、岳云被押至临安的戒民坊（相当于后来北京的菜市口），就地处决，而岳飞则被赐了一壶毒酒。另有野史说，岳飞是被骗至密室，由几名力士猛击其双肋而亡。

小说演义里将岳飞之死安排在了风波亭。真实的历史却没有那些悲情诗意。戕害从来都视生命如草芥，冤屈往往欲哭无泪。

三

那个除夕前夜，雨恨云愁。

毕竟是辞旧迎新之时，总有一些善良的人儿让我们相信良知尚在。

大理寺的狱卒隗顺冒着生命危险，连夜将岳飞的遗体背出临安，偷偷埋葬于北山之麓，上面立了一块墓碑：贾宜人坟——显然是假名。但是隗顺坚信，岳爷未来终有平反昭雪之日。

20 年后，1162 年六月初十，高宗赵构禅位给孝宗赵昚。一个月后，孝宗皇帝以仰承太上皇（赵构）旨意为名，下令追复岳飞官职，并“以礼改葬，访求其后，特与录用”。随后正式发文，追复岳飞“少保、武胜定国军节度使、武昌郡开国公”，就是官复原职。

又过了 16 年，孝宗皇帝为岳飞定谥“武穆”，并召见岳飞在世的三子岳霖：“卿家冤枉，朕悉知之，天下共知其冤!”我相信孝宗这句话不是作秀。可是，既然这冤枉皇帝你知，天下共知，缘何到现在才有这样一个轻描淡写的说法？你们“知”什么？还不是所谓“你懂的”!

赵家江山岳家坟，杭州酒肉汴州魂。

一切都是政治惹的祸。赵构不是昏君，从建立南宋到发展经济延续赵宋国祚，他的历史评判是功大于过。偏偏他容不下岳飞这个忠臣良将。岳飞必须死，岳飞的冤屈也必须昭雪，只不过不在他手上，而在他的后任。

赵构在心中轻声说道："别怨朕，政治就是这样，你懂的。"

晚清朋友圈：老曾、老左和小李

曾国藩，生于1811年，属羊，射手座，湖南湘乡人；左宗棠，生于1812年，属猴，天蝎座，湖南湘阴人；李鸿章，生于1823年，属羊，水瓶座，安徽合肥人。李鸿章是曾国藩的学生，所以在老曾和老左面前，小了十一二岁的他自然是小李。

一个星座对应一个人

之前我不太看星座，可是周边的80后、90后朋友中精通此道者颇多，久而久之，我被他们熏得也略知一二。所以现在研究古人时，我常常会拿出星座来对号入座一下。

曾、左、李三位的星座解读和他们本人性格的契合程度准得吓我一跳。

曾大人是射手座。来看看射手座的评语：擅长哲学思考，生性保守，谨慎可靠，有耐心，在逆境中能发挥坚韧不拔的精神；虽然有较强个性，但缺乏灵活性；观念传统守旧，冷静世故，缺乏生活情趣……凡是对曾国藩有所了解的人都知道，以上这些关于射手座的描述，就是老曾的真实写照。老曾的性格代表词语就是射手座的那个：我追求。

左大人是天蝎座。天蝎座评语说：太过好强，占有欲过高，报复心强，得理不饶人，冲动，难驾驭，有特殊的魅力，爱憎分明。这是个令人费解的星座，一如左大人这个官场另类。老左的胖脸上整天写着天蝎座的性格代表词语：我渴望。

李中堂是水瓶座。水瓶座评语是这样写的：典型的理想主义者和人道主义者，常有改革精神，并以保守的性格追求自由、开放和进步；水瓶座表面看充满魅力，本质上却喜欢孤独。面对纷繁复杂的外部世界，李中堂的性格代表词语叫作：我了解。

洪秀全是曾、左的贵人

曾国藩和左宗棠是湖南老乡。从天资看，曾不及左。但是从考试经历看，他俩基本是大哥二哥。老曾去京师参加会试 3 次，好歹中了第 38 名进士，从而晋身官场。而老左也上过两届科举补习班，可惜还是一个落榜生。

老老实实的曾同学进了翰林院当了庶吉士，克己奉公、兢兢业业，熬了14年，一步步爬到了工部右侍郎（副部级高官）。

不走寻常路的左同学也没闲着。他有个绰号叫“今亮”，意思是当世的诸葛亮。他算是把诸葛亮年轻时隐居隆中自我推销的那一套给研究透了。这哥们儿到处结交达官显贵，让这帮牛人替自己满世界去打广告。贺长龄、陶澍、林则徐这样的省部级大员在见过左宗棠之后，都惊为天人，认定姓左的小子是不世出的奇才。老陶还和老左结成了儿女亲家。林则徐临死还让儿子代写遗书，一再推荐左宗棠。所以40岁之前，虽然老左是三无人员（无文凭、无官职、无巨款），但是在关注度上一点不输湘籍明星京官曾大人。

老曾和老左的真正发迹都得感谢另一个科举落榜生——洪秀全。如果没有洪秀全中西混搭的瞎折腾，老曾顶多就是一个有些学问和良知的部级官员，老左也不过就是一个自命不凡的老愤青。

那一年太平军攻打长沙，恰好曾国藩副部长回乡丁忧给母亲奔丧，指望不上八旗、绿营的咸丰皇帝赶紧下旨，叫曾国藩就地督办团练。老曾不负圣恩，就地招募有才干、不怕死的湘勇，用乡谊、戚谊、师友来联结部队，用宗法观念实行垂直管理，要求下级绝对服从上级，这一套军事管理的金字塔尖就是他老曾。于是，一套全新的练兵方式培养出了中国近代军阀的雏形。如狼似虎的地方部队——湘勇代替国家正规军开始直面“长毛”。大清朝“汉人不掌兵”的铁律被改写。

而在被围的长沙城里，湖南巡抚骆秉章焦急中想到了附近那根姓左的稻草，赶紧派人混出重围去请达人左宗棠帮他守城。这位“今亮”的闪亮登场颇为特别——“缒城而入”（长沙被围，骆省长不敢开城门，只能从城上放下绳索，老左是顺着城墙爬进城的）。于是史上最牛幕僚诞生。这位左师爷比骆省长的派头还足，长沙城的军政大事都是他说了算，对办事不力的官员张口就骂，抬腿就踢。不过，老左确实有牛气的能耐，6 年间两次帮骆秉章守长沙，不仅确保长沙城安然无恙，还使太平天国的领导核心成员、西王萧朝贵命丧城下。

危急时求着你左宗棠，没人敢说什么。可一旦转危为安，被你欺负的冤家就都跳出来了。弹劾左宗棠的状子雪片般飞到了咸丰皇帝的龙书案。关键时刻看出朋友的重要性了。老左的好友郭嵩焘找到皇帝身边的近臣潘祖荫，请他帮忙说好话。这老潘也真给力，一句名言彻底让老左转危为安，并且名扬天下：“国家不可一日无湖南，湖南不可一日无左宗棠。”一句话把老左提升到国家层面了。咸丰皇帝一看捡到这么个“国宝”，立马加封左宗棠四品京堂候补，辅助曾国藩襄办湖南军务。老左终于不再是体制外没编制的师爷，摇身一变，成了堂堂吏部存档的司局级官员了！

左宗棠现象

曾国藩之前没读过兵书，他的强项是治军，而不是打仗。如同他那个著名的“屡败屡战”的段子，曾国藩的军事经验是在战场上一次一次拿弟兄们的性命换来的。左宗棠不同，人家天生是军事奇才。考不上科举在家待业那几年，翻遍了兵书、地理、天象各类闲书，所以守长沙时他成竹在胸。

曾、左联手共襄湖南军务之际，老左却开始打自己的小算盘了。他和老曾惺惺相惜，但却瞧不上这个不会打仗的曾同学。他不甘心在老曾手下做个服从指挥的副手。于是，他也跑出去招募了五千兵勇，取名“楚军”。有了自己的武装，左宗棠得以放开手脚，大显身手。此后，他数次于危急中解救曾国藩，用战功表明，带兵打仗我老左比你老曾强太多了！他本人也一路升为正三品的太常寺卿。

这时，曾国藩的湘军和太平军在苏皖地区呈现拉锯战的胶着状态。为打破僵局，迂回包抄太平军，老曾上书朝廷，推荐左宗棠专办浙江事务。朝廷很快批复，任命左宗棠为浙江巡抚——老左正式步入地方大员序列。一年后，老左升任闽浙总督，与两江总督曾国藩平起平坐。简直跟坐火箭一样。

真的是老左的好运气来了吗？不是。数年征战使曾国藩拥兵数十万，权倾天下，本来就信不过汉人的大清朝廷已经是如芒在背。而此时蹦出一个和曾国藩难分伯仲的牛人，朝廷求之不得，赶紧让老左来牵制老曾。踩对了点的左宗棠自然平步青云。

话又说回来了。中国好官员曾国藩真的是大公无私，为国推荐左宗棠吗？联系日后他自翦羽翼的做法，我更相信深谙官场之道的曾国藩已经意识到自己的危险了，干脆主动为自己竖起一个对手，让朝廷放心。可惜，自负的老左不愿承认这一点，他坚持认为自己是凭能力拥有了红顶子。

骂遍朋友圈

曾国藩和左宗棠的朋友圈有很多交集。但是到后来，曾国藩发一条朋友圈，点赞加评论总有几十上百条。而左宗棠却被大家都拉黑了，只能自己和自己抢沙发了。

原因很简单，左宗棠太任性。

老左的任性到了无以复加的地步。他在朋友圈里最喜欢做的事就是骂人，关系越好骂得越凶。试想，有几个人能受得了这样的朋友？所以，同为人杰的胡林翼不喜欢他，当年全力保荐他的郭嵩焘被他气得不理他了。老左自己评价自己，说这叫忠介——忠诚、耿介，一生固守真我，不因外界的意见而稍稍折损自己的锋芒。

老曾说自己是“以拙胜巧”，于是老左说自己是“以直胜曲”。显然，老左的“直”不单是实在，更是单纯幼稚了。他成天陶醉在自己和外人营造的“盖世奇才”的广告词里不知东西南北了。

而曾、左二人数次断交、复合，均起于左宗棠，也止于左宗棠。曾与左如同一时瑜亮，左宗棠总是不服气曾国藩，曾失意时他骂，曾得意时他更骂；相交时骂，断交时还骂。相比之下曾国藩有涵养多了，人前人后都尽力维护左宗棠，夸赞左宗棠，几乎没有对外人说过老左的不是。每次老左骂老曾，老曾不回应，老左觉得无趣，过段时间又去找老曾，还说是自己原谅老曾了。

相识几十年，左宗棠只有一次服软，那就是老曾病逝后，老左托人从西北送上挽联：

谋国之忠，知人之明，自愧不如元辅；
同心若金，攻错若石，相期无负平生。

落款竟是“晚生左宗棠”。直到世间已无曾国藩了，左宗棠这才低下骄傲的头颅，承认自己的才德不如曾大哥。或许这时他才感觉到对手已去的怅然，才真正卸下争斗的盔甲，平心静气地思索自己这一生的得失对错。他应该庆幸，生在了那个乱世，自己天马行空的才能方才有了施展的可能。他更应该庆幸，遇上了帝国时代最后一位圣人——曾国藩，处处包容自己，举荐自己，让自己的才干得以“货与帝王家”。曾国藩可以被尊为圣贤，而他左宗棠，至多是豪杰而已。

从操练湘勇开始，曾国藩就有意将自己的治军之道、治世理念传诸后世。虽然“惟楚有材，于斯为盛”，但湖湘子弟的霸蛮之气可以谋事，却不能谋国。湘勇灭得了太平天国，却搞不定西方列强。因为他们的性格里没有虚与委蛇的基因。

机灵鬼小李

没关系，安徽人李鸿章出现了。

小李是官二代，他爹和老曾同年考上的进士，也在京城为官。小李第一次科举也没考上，补习班就是在老曾家上的。第二次考中进士后，也入了翰林院做庶吉士，跟着老曾学办差。

顺便插一句，从曾、左、李三位的求学经历我们不难看到，即使能人、牛人，他们的求学考试也不都是一帆风顺，总会遇到这样那样的挫折。一次失利对人生而言，也许就是浮云一片。

“长毛”作乱，李鸿章几经周折，来到曾国藩手下襄办营务。因为才干出众，在占领安庆后，老曾举荐小李回老家合肥招募兵勇。老曾练湘军，老左练楚军，小李更厉害，两年时间便练成淮军，不仅人数有六七万之多，而且装备的还是西洋新式枪炮。单凭这一点，我们就能看出，小李的脑子比曾、左还要活络。淮军配合湘军、楚军灭了太平天国，然后把捻军这个太平天国的尾巴也给斩了。

在此期间，洋务运动兴起。虽然洋务运动起于老曾的安庆内军械所，老左也搞了个福州船政局，但真正做实洋务运动的还是小李。洋务运动不仅让大清国看到了复兴的些许希望，更让朝廷发现：曾国藩是文官楷模，左宗棠是优秀武将，李鸿章才是经世治国的干才。

与湖南人的彪悍、执拗相比，地处南北之交的安徽人性格中兼有北人的粗犷和南人的委婉，而生于皖中合肥的李鸿章更是将南北两种迥异风格融汇成自己独有的狡黠痞气——这恰恰是官场最需要的，更具体点说，当时大清国的外交事务上最需要。

彼时，老曾因为天津教会一案处理不当，备受舆论指责。小李接替老曾任直隶总督，开启大清政坛的李鸿章时代。老曾谢幕，老左也快退场了，所以小李也该叫老李了。

受气包老李

曾国藩能剿灭洪、杨之乱，左宗棠能抬棺入疆击败阿古柏。可是，中法之战中国不败而败呢？甲午战争后《马关条约》的巨额赔款呢？还有庚子事变和《辛丑条约》呢？老曾和老左如果在世，也会一筹莫展。这一堆压塌天的难题只有李鸿章能应付，用他特有的江淮狡黠去搞定。

《马关条约》商谈之时，李鸿章使出全身解数，与精明贪婪的小日本周旋，双方僵持不下。这时日本一名多事的右翼分子行刺李鸿章，子弹击中李的左颊，打乱了日本首相伊藤博文要挟清政府的计划。碍于国际社会的压力，日本不得不停战，战争赔款也由白银 3 亿两减为 2.3 亿两。被抢救过来的李鸿章睁眼看到满身血迹，笑了:“此血可报国!”最后在《马关条约》上签字时，李鸿章故意将名字潦草地签到了一起，外人看上去更像是一个纠结无奈、奋力挣扎的“肃”字。离开日本前，李鸿章发誓:“终生不履日土!”他的狡黠，他的苦衷，他的硬气，有几人能读懂呢?

《马关条约》后，迫于各方压力，老李被迫出游外国。没有李鸿章的大清政坛折腾得更加乱七八糟。进入 20 世纪，慈禧太后跟西方列强宣战，结果被人家八国联军揍得满地找牙。皇上和太后西逃了，八国联军进北京了。万般无奈之时，大家又想到了七老八十的李鸿章。风烛残年的老李头再次去做这种丧权辱国的破事。此时的大清也已病入膏肓。老李头和朝廷都没法再跟十余国列强抖机灵、耍心眼了。心力交瘁的老李头强打精神签完《辛丑条约》，不久溘然长逝。

曾、左之争中，我们都觉得面对老左的咄咄逼人，老曾的忍功一流。但是和小李相比，真是小巫见大巫了。李鸿章有一副名联：

受尽天下百官气；
养就胸中一段春。

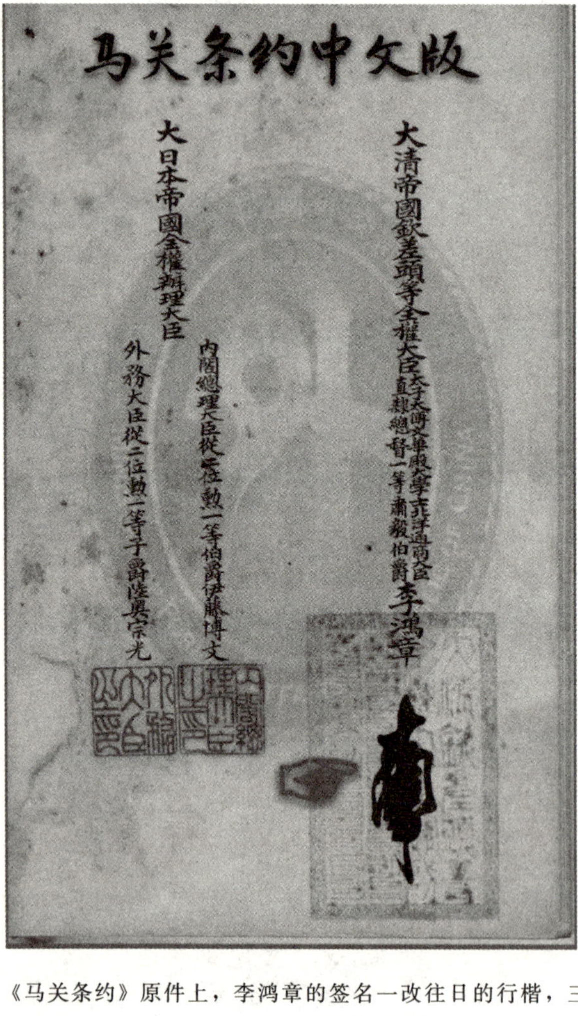

《马关条约》原件上，李鸿章的签名一改往日的行楷，三个字纠缠在一起，好像一个犹犹豫豫的“肃”字。

他受的何止是百官之气？他受的是天下之气，民族之气，万民之气，还有后世之气。没有心怀天下的涵养，绝不可能养就胸中那一段包羞忍耻的别样春色。也只有生于合肥的老李头，才能有这样肥厚的胸襟，这样包容的气度，这样坦荡的情怀。

文正·文襄·文忠

关于老曾、老左和小李，后世评语多多。对于他们三人的盖棺定论，我觉得他们的老板慈禧太后还是非常公允的。且看他们三人的谥号：曾国藩谥号“文正”，左宗棠谥号“文襄”，李鸿章谥号“文忠”。清朝文臣谥号里，“文正”最高，其次“文忠”，再次“文恭”，后面依次是“文成”“文端”“文恪”“文襄”。有清一朝，得到“文正”谥号的区区八人，乾隆朝之后，仅曾国藩一人。曾国藩有德有才，于皇帝是忠臣，于社稷是股肱，于子孙是楷模，所以老曾的形象意义更大，当然得给最最高大上的“文正”。

左宗棠恃才傲物，他的成功需要N多附加条件，大伙儿得哄着他、捧着他做事。在众多历史事件中，老左并不是主角。加之他最大的功劳是收复新疆，所谓“堪平大乱曰襄”，所以赏他一个“文襄”，再合适不过。

而李鸿章，却是清末朝廷第一重臣。他一生代表朝廷签署了三十多个条约，且多是不平等条约。正是他的一点点抗争，为大清的败亡延缓了时间，为中国的发展争取了空间。老李头去世时，慈禧太后称他为“再造玄黄之人”，赐他在北京建祠。有清一朝，在北京建祠的汉人官员，仅李鸿章一人。

这首据说是老李头绝笔诗的词句颇有嚼头：

劳劳车马未离鞍，临事方知一死难。
三百年来伤国步，八千里外吊民残。
秋风宝剑孤臣泪，落日旌旗大将坛。
海外尘氛犹未息，诸君莫作等闲看。

劳碌一生的李鸿章在山河破碎之际感慨：光有慷慨赴死的决心于事无补！你当然可以喊着口号大义凛然，一了百了。可是，江山社稷怎么办？黎民百姓怎么办？子孙后代怎么办？总要有人顶着万人指责的压力与列强周旋，忍着巨大的委屈以退为进，甚至背上遗臭万年的骂名，拖着老大帝国踽踽前行。担此大任者，不仅要有只手补天的大气魄，还要有济世救民的大智慧，更要有我不下地狱谁下地狱的大慈悲。老泪纵横的李鸿章甚至想说：“孤独的人是可耻的。”因为“海外尘氛犹未息”，西方列强狼顾中华的野心甚嚣尘上，列位站着说话不腰疼的看客同胞们，能不能莫在一旁只会指指点点戳我老李的后脊梁，恳请真真切切地为国为民做点实事！

慈禧太后和光绪皇帝都明白：老李头纵有千般不好，但对国家来说，却是天下第一的耿耿忠臣！一个行将就暮的老人，临死还觉得自己不该就这样不管江山社稷而撒手人寰，这样的人还配不上“文忠”二字吗？

辑三　昨日遗书

小时候听评书，故事的模式，总是最弱的朝廷上坐着一个最蠢的皇帝，身边围着一群最坏的奸臣，他们合伙坑了一个最忠勇的大英雄。历史当然不会像演义小说那样千篇一律的善恶分明。千年的真相等着后世子孙一点一点徐徐揭开。

战略屏障、形象工程、文化象征……长城的历史意义究竟是什么？

都说战争让女人走开，偏偏在魏蜀吴的争霸间隙，我发现了几段缠绵悱恻的爱情。

“建安文学”里最耐读的是“三曹”的诗文。曹操因为不装而可爱，曹丕因为不显而上位，曹植因为不羁而洒脱，曹家的男人自然有故事。

因为国家级新区的设立，我们认识了雄县、容城、安新三座小城。时光回溯一千年，这里曾是左右东亚地缘政治风向的三关重镇。

美剧《24小时》很烧脑，网剧《长安十二时辰》很“抓”人，但是都不及明英宗天顺五年那起发生在北京城的谋逆未遂事件扣人心弦。兵荒马乱，少有英雄，我们不了解的历史原本就是这般素颜。

一道叫作长城的墙

西方人称长城作“the Great Wall”。在他们看来，长城就是一串老长老长的城墙。于是，他们让最不会讲故事的中国导演张艺谋，把他们的“魔兽”手游搬上了《长城》。

殊不知，在古代，我们的祖先把长城看作华夏和蛮夷的分野。

一

我们所知道的关于长城最早的故事，大约是“烽火戏诸侯”：西周国都镐京（今陕西西安）接近北方强悍部族犬戎。遇到敌人进攻，周天子会命人在长城的烽火台上点燃狼粪示警，诸侯们见到烽烟就会立即赶来救援。这本是十万火急的SOS，却被末代天子周幽王当作和美人褒姒玩的“狼来了”游戏。吁吁带喘的诸侯将士们终于博得冷美人的莞尔一笑，也让周天子失掉了众诸侯的信任。下次当犬戎真的兵临城下，西周只能是国破家亡。

故事固然荒唐，我纳闷的是，绵延在国境线上的长城难道就是一道形同虚设的形象工程吗？当年香港 Beyond 乐队在歌曲《长城》中给出了解释：

迷信的村庄，神秘的中央，还有昨天的战场。

皇帝的新衣，热血的缨枪，谁都甘心流连塞上。

围着老去的国度，围着事实的真相，

围着浩瀚的岁月，围着欲望与理想。

蒙着耳朵，那里那天不再听到在呼吼的人。

蒙着眼睛，再见往昔景仰的那样一道疤痕，留在地壳头上。

秦始皇统一六国后，生怕不能长命百岁，派方士四处“求仙人不死之药”。据说那个大忽悠徐福带着三千童男童女跑到日本做逍遥王去了，卢生则从海上返回，还带来一册神书，上面有五个字太刺眼：亡秦者胡也。按秦始皇的理解，胡就是北方的蛮族匈奴人。于是他派大将蒙恬“发兵三十万人北击胡”。

后来的事情我们知道，亡秦的“胡”好像是他小儿子胡亥。蒙恬被逼自杀，那道动用百万民工历时多年修筑的长城被匈奴人轻松跨越。

西汉建国之初，韩王信勾结匈奴作乱，汉高祖刘邦亲率30万大军征讨，结果被困白登山七天七夜。劫后余生的刘邦这才发现，匈奴的冒顿单于比楚霸王还要厉害。

光有长城，根本阻挡不了匈奴。

二

经过几代君王的休养生息，到汉武帝即位时，汉朝已经有足够的实力与匈奴PK。最好的防守便是进攻。在北击匈奴的战争中，我们记住了李广、卫青、霍去病……这一串响亮的名字。

有一个人却不为后世所识——他的名字很特别，叫程不识。

程不识与李广同为武帝初期的名将，但风格迥异。李广善攻，打仗喜欢兵行险招，不拘常理。程不识善守，带兵纪律严明，谨慎有余，从不敢贸然进兵。年终考核时，李广的战绩是败多胜少，而程不识则是全胜。帝国军功的光荣榜上，程不识一定名列前茅，而李广估计是面临淘汰的差等生了。

但是，后世偏偏记住了出击塞北、传奇不断的“飞将军”李广，而对谨守长城的“不败将军”程不识，真的是不识了。

在攻防之间，我们热衷修长城的祖先骨子里其实更偏爱攻击。

雄汉过后的魏晋南北朝时期，“乱”华的五胡（匈奴、鲜卑、羯、氐、羌）早已深入中原黄河流域，陆续建立了大大小小一堆王朝帝国。长城不过是人家后院的景观墙，而自命正统的汉族政权衣冠南渡后，所能仰仗的防御工事只有长江了。

大乱之后是大治。隋唐两朝的君主身上都有北方少数民族的血统，他们对这些强悍部族有着先天的好感，加之有雄厚的国力支撑，所以盛唐比雄汉还要自信：你们要来交朋友，我欢迎；你们想打仗，我奉陪！被周边少数民族奉为“天可汗”的唐太宗李世民认为，既然我能打得你满地找牙，那还有翻修长城的必要吗？

这可能是长城最骄傲的时段。

三

当然，好景总是不长久的。

“安史之乱”过后，大唐国力日衰。北方的、西方的强悍部族跟串门一样几度攻占长安。五代时更有沙陀人石敬瑭主动割让幽云十六州给契丹。此后的400余年间，长城再次成为少数民族政权的固定资产。

虽然破天荒地第一次由南往北攻击成功，但是明太祖并未将蒙元势力彻底荡平。曾经是农民的朱元璋决定锁上帝国的北大门，将蒙元势力牢牢挡在长城的铁壁铜墙之外。长城又被列为中原王朝国防建设的首席重点项目工程。

尽管网上众多“明粉”大赞明成祖朱棣迁都北京之举，可我实在不觉得“天子守国门”表现出了皇帝有多大的担当。国都跟蒙元势力近在咫尺，皇帝成天抱着刀枪在长城边站岗放哨，合适吗？更何况，明朝的皇帝大多天资缺失，非但守不了国门，反倒多次上演兵临城下的险象：英宗皇帝土木堡被俘，北京保卫战时京城命悬一线；嘉靖朝庚戌之变时，蒙古俺答汗率兵在北京城外骚扰八日；崇祯朝京畿地区同样时常被清兵光顾。

看来，历史上最大规模的翻修工程并未给长城提升多少防御战斗数值。

我们记忆深刻的与长城相关的战役，当属山海关外的一片石之战。李自成进北京灭了明朝，跑到山海关与明朝守将吴三桂单挑。原本应该惊天地泣鬼神的复仇之战，不过是盲流李自成和小丑吴三桂赤膊上阵的对撕。已经接受了吴三桂投降的大清摄政王多尔衮倒成了作壁上观的渔翁。当这俩掐得两败俱伤之时，八旗军神兵天降，帮着吴三桂打跑李自成，并且一路通关进北京了。

明朝花了200年苦心经营的长城防线，就这样轻轻松松被大清突破了。只因山海关的大门钥匙在管理员吴三桂手上，而吴三桂的别名叫汉奸。

四

待大清定鼎中原后，长城这道曾经阻隔满人入主中原的关隘自然不再受待见。康熙皇帝曾明令“不修边墙”。同样是少数民族出身的清朝皇帝，不惧怕北方的蒙古部落，不拒绝来自各方的少数民族的融合交流。长城之外，不是异地，而是他们的故乡。

1681年，康熙皇帝下令在长城以北的蒙古草原修建木兰围场，以后每年秋季皇家成员都要过来行围狩猎。沿途开始陆续修建行宫，其中热河行宫最为著名，也就是大名鼎鼎的承德避暑山庄。皇帝接见蒙古各部的亲王酋长，还有藏族、回族等其他少数民族首领，都在这里。在少数民族部众心中，承德才是帝国的首都。

如果修筑长城是一项历代中原王朝必做的接力性工程，那么就让它在大清烂尾吧。

唐中宗时的宰相崔湜写过一首数十句的长诗《大漠行》，我只记住了最后两句："但使将军能百战，不须天子筑长城。"战争中，人当然是第一要务。忠臣良将才是帝国最坚实的长城。可是，又有多少人王帝主明白这个道理呢？南朝刘宋的名将檀道济遭小人妒忌，被宋文帝处死。临终前檀道济大吼："乃坏汝万里长城！""自毁长城"由此而来。这样亲痛仇快的悲剧也屡见不鲜：赵王迁杀李牧、唐玄宗杀高仙芝、宋高宗杀岳飞、崇祯杀袁崇焕……

根植于黄土文明的中原王朝热衷于用长城围住自己的边疆，将北方少数民族挡在关外。但是3000年来，中原汉民族与边远地区少数民族的交流融合从未间断，战争与和平的两大主题也交替出现。长城在其中究竟发挥了多大的功效？完成了多少当初秦始皇想要赋予它的历史使命？我只想“呵呵”两声：“答案飘在半空。”

倒是历代文人借“长城”为题写出了题材各异的万千诗篇。我觉得，真正一语道破长城历史实质的，并非文坛大师的名作，而是一位业余作者信手写下的几句不太工整的诗句。这人是清康熙朝的名臣张英。在家喻户晓的“六尺巷”的故事里，张英写道：“长城万里今犹在，不见当年秦始皇。”

三国爱情实录

三国时也有爱情，只不过很苦。

会讲故事的罗贯中老先生在《三国演义》里杜撰了一连串匪夷所思的狗血剧情节：董卓和吕布为“小三”貂蝉引发血案，进而改变朝廷格局；曹操为了意淫自己得不到的二乔，先修了工程浩大的铜雀台，还打了场莫名其妙的赤壁之战，结果让统一大业搁浅；孙权为了讨要荆州，跟刘备玩了把“美人计＋无间道”，却输掉了妹妹的幸福……

为了博关注，演义小说总是很扯。而真实的历史不缺爱情，缺的是浪漫。

一

公元 199 年，江东第一帅哥组合孙策、周瑜率军攻皖（今安徽潜山市）。攻城结束，舆论的焦点却是，这哥俩娶了当地的超级美女乔家姊妹。帅哥配美女的消息，有颜值有内容，自然比打仗这种工作性新闻有聊头多了。不仅外人羡慕，就连孙策、周瑜二人也颇为得意。孙策就曾对周瑜说："桥（乔）公二女虽流离，得吾二人作婿，亦足为欢。"这里的流离指的是容光焕发。孙策的意思就是，乔家俩丫头虽然光彩照人，但是能嫁给你我这样有才有貌的帅哥，也该偷着乐了。

或许是这样的神仙眷侣太过完美，连老天都妒忌了。3 年后，孙策在打猎时遭遇刺客，身受重伤。医生诊断治疗后嘱咐："这伤能治好，但重要的是你自己得注意休养，100 天内千万别激动。不然创伤崩裂就有大麻烦了。"帅哥有时也和美女一样过于注重外表。孙策躺在床上非要让人拿镜子"引镜自照"。不看不知道，一看要了命！看到自己的"美资颜"变成了满脸的加减乘除，涂着膏药缠着纱布，孙郎大叫："面如此，尚可复建功立事乎（我毁容了，还能建功立业吗）?"一激动，创口崩裂，当天夜里就归天了，终年 26 岁。

关于孙策和大乔的爱情，除了提到有个儿子叫孙绍外，史书上再没有一句多余的记载。

小一个月出生的周瑜比孙策更具魅力。老将程普曾评价周瑜："与周公瑾交，若饮醇醪，不觉自醉。"相比其他各种对周瑜的功绩性评价，我觉得程普这条对周瑜为人的评价最具真实感。

当时那句著名的谚谣"曲有误，周郎顾"更是将周瑜的风流倜傥推向了极致。周瑜也是音乐发烧友，宴会中，尽管酒过三巡，只要乐工演奏有差错，周瑜一定会听出来，必然回头示意演奏者：“不好意思，你刚才有一个音节弹错了。”总有人说，美人回眸一笑，顾盼生辉。相比之下，俏周郎醉眼一顾，醉了的是周郎，还是四座宾朋？

尽管史书也没有过多记载周瑜和小乔的爱情，但关于周、乔爱情的传说实在太多、太美，惹得后世的苏轼、辛弃疾等人拼命将周瑜他俩的爱情写进诗词。

我却要说，这样的爱情一点不美，反倒很凄婉。爱情是两个人的事，可是孙策也好，周瑜也罢，他们都不属于大乔、小乔姊妹，他们属于外面的江山。孙策婚后 3 年即逝，周瑜婚后 11 年离世。上天留给两个女人的爱情时间太短了。每一个正常的女人，最终要的都是实实在在的举案齐眉，而不是虚头巴脑的叱咤风云。饶你是天纵英才，但光鲜只在旁人羡慕的眼里。如果能有一辈子的相濡以沫，女人宁愿自己的男人只是路人甲乙丙丁。

周瑜死后，葬于老家庐江东门横街朝墓巷，小乔孀居庐江，抚养遗孤。13 年后小乔走完寂寞的一生，葬于庐江西郊，墓门向东，与城东周瑜墓遥遥相望。有生之日不能与你长相厮守，只有在天上与你守望爱情了。

二

乱世中，男人的荷尔蒙分泌都是过剩的，排遣得了的成了杀人无数、没有感情的武人，排遣不了的则成了见色眼开的流氓。

完美英雄赵云在桂阳就和一段可能美丽的爱情擦身而过。赵云奉命取桂阳，桂阳太守赵范不战而降。这个赵范有个寡嫂樊氏，国色天姿，他想将嫂子许配给赵云。不料赵云一口回绝："咱俩都姓赵，你哥就是我哥。"有人劝赵云答应这门婚事，赵云解释说："赵范是被迫投降的，他的心思我不知道。况且，天下好女人多的是。"结果，赵范真的逃跑了。

赵云怕赵范给他使美人计。太过虑了。赵范都投降了，还能掀起多大风浪。人家把寡嫂给你，是想高攀你一步。你过分的机警不仅伤了一个美女的心，也让降将赵范心里直打鼓，甚至可以说，是赵云把赵范给逼跑了。赵大将军太没有艳福了。

木头人赵云不仅错过了自己的爱情，还把刘备的爱情也给彻底终结了。

三

关于刘备和孙权妹妹的爱情，《三国演义》讲得惊心动魄。其实，孙权妹妹不叫孙尚香，更不叫孙小妹，她的姓名史书上都没有记载。她和刘备的结合并没有让周瑜"赔了夫人又折兵"，但肯定有政治联姻的因素。孙夫人嫁到荆州的公安三年，感情谈不上特别融洽。史书上说她"以权妹骄豪，多将吴吏兵，纵横不法"。意思是，孙夫人仗着孙权妹妹的身份很嘚瑟，纵容自己带的吴兵在公安为所欲为。对此，刘备“以云严重，必能整齐，特任掌内事”。刘备当然不是傻子，特别安排严谨持重的赵云替他掌管后院那摊子事，制衡孙夫人。诸葛亮更是“近惧孙夫人生变”，生怕孙夫人这颗埋在公安的炸弹会在后院随时爆炸。

果然，刘备征汉中，孙权便派船来接孙夫人回江东。孙夫人要带着阿斗一起回娘家。碰上留守的赵云和张飞得知此事，上演了一出“截江夺阿斗”。

孙夫人和刘备的婚姻很短、很淡，淡得没有爱情。我不相信孙权用的是小人手段，让人哄妹妹回江东，顺便把刘备的儿子绑票。我以为，婚姻生活的寡淡使得孙夫人只能与刘备的儿子阿斗为伴。这次回江东，她的本意只是带阿斗回去住两天，看看母亲。没想到赵云、张飞二位爷把问题上升到了政治层面。江面上，儿子被抢的孙夫人很难堪，只能撕破脸独自回江东了。

此后孙夫人的情形，史书再无记载。只有明末朱国桢的《涌幢小品》里提到几句：刘备伐吴病逝后，“孙夫人至此矶，闻先主崩殂，哭自沉”。如果确有其事，我们只能为这个可悲的女子掬一捧伤心泪了。江左是老娘和哥哥，江右是丈夫，自己一开始就是双方博弈的棋子。但她不想做哥哥的超级女特工，也不想插手丈夫的荆州阴谋。既然吴蜀之争以丈夫的败亡结束，那么她也只能用沉江来吞下“嫁鸡随鸡，嫁狗随狗”的古训，用沉江来洗刷外界对自己各种关于“无间道”的猜测，更用沉江来殉自己和刘备这段有名无实的三年爱情。

滚滚长江东逝水，淘尽的都是金戈铁马的英雄故事。我试图在史书中淘出几位可爱女子、几个爱情故事，无奈发现都是徒劳。所谓“你用柔情刻骨，换我豪情天纵”，豪情在口口相传中幻化成千古传奇，背后的柔情再刻骨铭心也刻不进史书，只能寂寞地一遍遍虐心伤神。

正因为如此，一段汉末三国的历史少了几许细腻、缺了几分真挚，只能带我们在粗犷的男人世界里空谈一番家国天下。

曹操父子的风流往事

在《三国》大马金刀的铁血故事中，能让人咂摸出活色生香滋味的，唯有曹家父子。

一

曹操好色，有史料为证：他先后有正妻两人，姬妾 13 人；至于一夜情的女子，无法统计了。曹操不仅性趣盎然，并且生殖能力强大：一共育有儿子 25 人、女儿 6 人，此外还有养子若干。

曹操对于女色的偏好属于重口味：喜欢熟女，特别是别人的老婆。

下邳城围困吕布时，关羽多次请求曹操，在破城之日把吕布手下秦宜禄的漂亮老婆赐给他。城破之日，充满好奇的曹操特意先叫来秦夫人看看；结果不看不知道，一看忘不掉，自己留着了。

降将秦宜禄不得不戴了曹操给的这顶绿帽子。张飞曾以夺妻之恨怂恿秦宜禄叛逃，不料走到半道老秦后悔了，直接被张飞给宰了。而曹操对秦宜禄的儿子秦朗还挺好，常常在宴会上对宾客夸耀："世有人爱假子如孤者乎（现在有人像我这样宠爱养子的吗）?"因为母亲与曹操这层粉红色的暧昧关系，秦朗后来官运亨通。

当然，偷情偷不好也有遇上狠角色的。

曹操征宛城，军阀张绣率众投降。张绣寡居的婶子是个美女，曹操习惯性地把她收了。张绣可不是秦宜禄那样的脓包，很不爽。曹操得知后便密谋杀掉张绣。不料消息败露，张绣提前动手，偷袭曹营。曹操猝不及防，损失惨重：儿子曹昂、侄子曹安民遇难，并且曹军头号猛将、曹操的警卫营营长典韦也死于乱军。

唐朝诗人杜牧有两句著名的咏史诗："东风不与周郎便，铜雀春深锁二乔。"把赤壁之战的起因，归结为曹操垂涎江东大乔、小乔的美色，未免太富于联想了。曹操喜欢美女不假，但是关于战争，他可不是用下半身思考的。所以，赤壁之战不是特洛伊。

铜雀台倒是真有，并非为二乔所建，而是曹操消灭袁绍的三个儿子后所建，彰显自己平定四海之功。这里没等来美人，却吸引了当时最著名的文人墨客在此歌以咏志，成就了建安文学。

曹操临终前，专门嘱咐几个儿子，丧事一切从简，不藏金玉珠宝；对伺候过他的婢妾和歌舞艺人，都安排住到铜雀台；考虑到她们将来的生活来源，让她们学习制作鞋子和丝带，然后拿出去售卖以补贴家用。

东汉末年有钱人家流行熏香，但是崇尚节俭的曹操禁止在家中焚香；即便去世了，也不要子孙在祭祀时焚香，而是把家中的熏香分给诸位夫人。

所谓“人之将死，其言也善”，曹操临终前婆婆妈妈地分香卖履、流连妾妇，展现的是政治人物身上少见的烟火气息。一生风流好色，终了却能念及姬妾，妥善安排后事，足见曹操是有情有义的真爷们儿。

二

曹操的遗传基因极好，三个嫡子，有文有武，堪称三国最牛二代。

曹丕，文武全才，剑术极高，8 岁即提笔为文。他创作的《燕歌行》是我国现存最早的一首完整七言诗。他还著有《典论》，其中的《论文》还是中国文学史上第一部系统的文学批评专论作品。他与父亲曹操、弟弟曹植在文学史上并称“三曹”。他也是继承曹操衣钵最完整的儿子，有文才，擅权谋，喜美色，最终替他爹的篡汉计划踢进了临门一脚。

提到风流，还是曹丕最像老爹。曹丕先后有后妃 15 人，生育儿子 10 人，女儿 1 人。他做了 7 年皇帝，去世时只有 40 岁。

“衮雪”二字是日前我们唯一能见到的曹操手书。据传这是公元219年曹操进军汉中褒谷石门时所写。两个字介乎篆书和隶书之间，“衮”字气势磅礴，如湍急之水，“雪”字平和内敛，若山中磐石，二字并列，动静相宜。该摩崖原刻在汉中石门南约半里的褒河水中的一巨石上，右行横书，字径45厘米。1967年因修路建水坝，汉中博物馆特地派石匠将河中巨石上的“衮雪”二字完整凿下来，运到汉中博物馆保存。

曹彰，绝对的武将胚子，善骑射，膂力过人。传说他的箭法不只是百步穿杨，而是百步之外射断头发或者胡须（如果真是这样，他的视力得是6.0）。年轻时，曹彰徒手斗过老虎、伏过大象，背过万斤重的大钟（玩手游的同学都知道，这武力值绝对在200以上）。

虽然是猛男，但曹彰的征服欲在战场，而不在女色。所以，他只娶了一个老婆，还是东吴孙权的侄女，属政治婚姻；婚后育有一子一女。

三

曹植的名气太大，后世大才子谢灵运一句评语“天下才十斗，曹子建独占八斗，我占一斗，余者天下共分之”足够让他独步千年文坛。那个家喻户晓的“七步成诗”的典故虽系杜撰，但是道尽兄弟相残的冷酷现实，更从一个侧面展示了曹植如电的思路、如泉的才华。清初著名文学家王士祯曾评价说：汉魏以来两千年间诗家堪称“仙才”者，曹植、李白、苏轼三人耳。

曹植虽然文采斐然，却不是浪荡儿。他的原配是名士崔琰的侄女，因为爱穿高档名牌服装，冒犯了曹操的衣着简朴禁令，被赐死；之后又娶谢氏。曹植曾育二男二女。遗憾的是，除次子外，其他三个孩子均没有活过1周岁，以至于我们都不知道他们的名字。

曹植不放荡，不代表他不多情。他的爱情可能跟皇嫂甄氏有关。

魏文帝曹丕的第一任皇后甄氏并非原配。关于这个美女，有几段说不清道不明的爱情。

先说句题外话。影视剧的导演编剧总喜欢擅自给历史人物起名字。比如，《芈月传》中非要给秦宣太后芈八子起个很现代的名字：芈月。《军师联盟》里，甄氏也被起名：甄宓。看来这回编剧翻看了《洛神赋》，但是那里面的神女宓妃，是代指传说中的洛水女神，而并未指明就叫甄宓。同时，这个“宓”字在这里是通假字，同“伏”。既然秦宣太后和甄皇后的名字在史籍中都没有明确记载，那么我还是叫甄皇后作甄氏。

甄氏最初嫁给了袁绍的小儿子袁熙。曹军平定四州破邺城时，不知道是不是早就听说过甄氏的美色，反正曹丕第一个冲进袁熙的府邸。

厅堂上，甄氏把头埋在袁绍老婆的膝盖间，瑟瑟发抖。

挎剑悬刀的曹丕命令甄氏抬头。小媳妇仰头嫣然一瞥，曹丕“见其颜色非凡，称叹之”。估计小曹当时眼睛就直了，于是学着他爹的样子，直接把小甄给收了。

曹丕当时很喜欢小甄，小甄也很给力，替他生了一个儿子、一个女儿，儿子便是后来的魏明帝曹睿。

但是花无百日红。曹丕代汉称帝时，甄氏仍旧被留在邺城。一年后，甄氏被皇帝曹丕赐死。

关于美女的传闻总是很多。有好事者甚至考证，曹睿可能是袁熙的遗腹子，并非曹丕和甄氏所生。求证这种桃色传闻实在无聊，但也不乏后人恶心曹家、替袁家鸣不平的可能。对此，我没有太多兴趣。

不过，甄氏和小叔子曹植极有可能发生过些许爱情纠葛。

唐朝李商隐的名句“宓妃留枕魏王才”说的便是：甄氏去世后，曹植去洛阳觐见哥哥曹丕。聊到甄氏，曹丕拿出了甄氏用过的金缕玉带枕，曹植竟然忍不住大哭。晚上甄氏的儿子曹睿请三叔吃饭，曹植又是哭得吃不下饭。曹丕看老三这样伤感，便把那个枕头送给了曹植。曹植回封地途经洛水时，枕着这个枕头睡了一觉，梦见仙子，于是有了名篇《感甄赋》。后来曹睿继位，以避母亲名讳为由将这篇赋改名《洛神赋》。

当然，这个凄婉的故事有太多经不起推敲的地方（比如：曹植当着大哥的面哭嫂嫂，曹丕拿亡妻的遗物送给三弟，实在与常理不合），不足为信。不过我们能在《洛神赋》中看到，曹植对仙子的痴迷之情。

尽管甄氏比曹植大 10 岁，但从各类史料中我们依然能够发现二人朦胧“姐弟恋”的点滴记录。只可惜正史太冰冷，不屑记录儿女情长，我们也就无缘深究甄氏与曹植的缠绵悱恻了。

色而不淫，有情有义；浪而不亵，朝云暮雨。有道是“蓬莱文章建安骨”，建安“三曹”于诗文之外还独享一段风流，这便是真名士、真性情。

雄安往事：一千年前，这里已是天下的焦点

如果时光倒流一千年，雄安新区所在的雄州地界便已是当时东亚大陆关注的焦点。

雄安新区的雄县、容城和安新三县中，故事最多的是雄县，这里古称雄州。

尽管最远的历史可以追溯到夏朝，但一直以来，雄州始终只是一个地理名词，在帝国政治版图内默默存在着，直到人类的第一个新千年即将来临之时。

一

公元 907 年，大唐帝国落幕。同时，东北一个彪悍民族契丹建立政权，国号就是契丹（后来改称辽）。契丹时常南下侵扰中原王朝，地处两国交界地带的雄州便因战争前线的特殊位置，逐渐被各方关注。

雄州西南的瓦桥关，西至保定，东循河海，北连幽州，南通冀中，是典型的战略要地。加之地势低洼，居民稀少，中原王朝在其东北再设益津关和淤口关，合称“三关”，用以阻挡契丹骑兵。这便是评书演义里宋辽交战时，经常提到的三关之地。

历史告诉我们，关城最大的资本不是防御硬件，而是守关的将军。三关再险，一旦守将出了问题，基本就是一堆废铜烂铁。恰逢五代十国的乱世，仁义道德都要给荣华富贵让道了。当一个叫石敬瑭的军阀为了皇位，将燕云十六州当作筹码，引契丹兵入了中原，三关城楼上自然就换成了契丹兵的日月旗。

好在中原王朝不会总是汉奸当政。20多年后，国号由晋变周，皇帝换成了奋发有为的柴荣。他亲自率军伐辽，一口气拿下三关，以及燕云十六州中的瀛州（今河北河间）、莫州（今河北任丘）。

由于周世宗柴荣突然病逝，后周的北伐不得不中止。此后代周建宋的赵匡胤更是不世出的一代英主，在执行“先南后北”的战略方针过程中，同样遭遇天不假年的遗憾，英年早逝。

二

与契丹人PK的重任，落到了文治有余而武功不足的宋太宗赵光义身上。自此，雄州的三关之地如同观看国足比赛一样，在一次一次的扼腕叹息中，见证了宋辽战争的全过程。

公元979年，刚刚平灭北汉的宋太宗不顾众将的全军需要休整的建议，急急挥师北上直取幽州。起初宋军进兵顺利，一路打到幽州城下，并对幽州实施合围。无奈师老兵疲，攻城未果。

此时，辽国名将耶律休哥率劲旅驰援，与另一位名将耶律斜轸的部队两路夹击宋军。孤立无援的宋军在高梁河（今北京西直门外）一战即溃，损失万余人，只得南撤。雄心勃勃的宋太宗更是大腿中箭，坐着运粮的驴车狼狈南逃。

宋、辽两国第一次正面PK，以辽的完胜结束。不仅中止了宋初统一战争的步伐，也让宋军自此患上了严重的恐辽症。

次年，辽景宗再度引兵南下，名将耶律休哥率前锋部队快速包围了瓦桥关。宋军多路援军奋力冲击，就是撕不开铁桶一般的辽军包围圈。瓦桥关守将张师急于突围，同样遭遇辽军猛烈截击，张师战死，余部退回城中。

不久，宋、辽两军对阵决战。耶律休哥再出奇兵，大败宋军。

宋军也并非一点好运都没有，满城之战便是辽军败北。同年，辽景宗病逝，年幼的辽圣宗继位，太后萧绰辅政。

念念不忘高梁河之败的宋太宗，想要从辽朝的孤儿寡母那里找回面子，于986年兵分三路攻辽，史称雍熙北伐。

此次战役同样是开局顺利，三路部队推进迅速。吃过幽州战役大亏的宋太宗严令各部不得轻敌冒进。结果曹彬的东路军跑得太快，已经到了涿州，粮道却被辽军名将耶律休哥截断，部队给养只能坚持10多天，之后不得不退回雄州。

按宋太宗的部署，三路部队必须齐头并进。如今曹彬部撤退，牵连着中路军和西路军的攻击力大打折扣。无奈之下，宋太宗命令曹彬不要进军了，与宋军的米信部会合。

而回雄州补充完给养的东路军将领们听说另外两路部队捷报频传，很不甘心，一致请求曹彬回师涿州。带兵多年的曹彬也真是老糊涂了，竟然控制不了众将，由着他们再攻涿州。

很不幸，辽军主力已到涿州附近。带了5天干粮的东路军一路与辽军死磕，花了4天时间才来到涿州城下。给养再度告急的10万人马只得再次撤退。辽朝生力军一路掩杀，宋军兵败如山倒，死伤数万。

宋太宗三路合围幽州的计划彻底落空。西路军主帅潘美不得不令副帅杨业诱敌东进，拖住敌军，确保主力南撤。杨业孤军深入，被困陈家谷，潘美却违约先撤，致使杨业全军覆没。评书演义里，这段故事被演绎成了悲壮的李陵碑死节。

三路大军中只有中路的田重进全军而返。两次遭遇失利，宋朝不得不转入战略防御。

三

宋朝的噩梦还没有结束。

当年冬天，辽军南犯。12月的隆冬时节，衣衫单薄的宋军士兵连弓都拉不开，战斗力可想而知。不料此时，辽国还跟宋军玩了一回“无间道”。

这天，宋军先锋、雄州刺史贺令图接到打入辽营的密探消息，说辽军主将耶律休哥向他传话：“我得罪了契丹的主子，想投降南朝。”要知道，耶律休哥在辽朝任于越，这个官职比中原的宰相位置还高，而且他还被封为宋王。普通人用脚后跟都能想明白，位高权重的耶律休哥不可能投降宋朝。偏偏贺令图这个草包，竟然信以为真。

不久宋军在君子馆被辽军包围。耶律休哥又派人传话：“希望能跟贺大人见一面。”贺令图以为耶律要来归降了，想独得这份大功劳，带着十几个亲兵大摇大摆就进了辽营。

面对猪一样的对手，坐在马扎上的耶律休哥气得大骂：“今乃送死来邪!”当场拿下贺令图。

辽军收缩包围圈，宋军再度伤亡数万。宋太祖赵匡胤留下的最有战斗力的禁军精锐基本损失殆尽。雄州与霸州、保州等地成为防御辽军的第一道防线。

11 年后，高梁河之战落下的箭伤最终要了宋太宗赵光义的命。宋真宗赵恒继位。

1004 年，20 万辽军南下，直抵澶州（今河南濮阳）。宰相寇准力主真宗御驾亲征。

无独有偶，宋军一名士兵在前线用床子弩射杀了辽军大将萧挞凛，力挫辽军士气。真宗皇帝亲临前线劳军，宋军士气大振。辽强宋弱转成辽疲宋振，于是双方决定议和，签订了澶渊之盟。打了 25 年的仗，最终还是坐下来谈判，达成了此后长达百年的和平。

四

雄州、霸州这些战时重镇，后来被宋朝开设了榷场，两国百姓可以在这里进行自由贸易，宋朝的制瓷和印刷等先进技术也逐渐从这里传到辽朝，促进了宋辽两国的经济文化交流和民族融合。

“往事越千年”。雄州城外的鼓角声早已远去，耶律休哥、耶律斜轸、杨业、杨六郎这些百战名将的故事仍在传颂。三关重镇的遗迹不复存在，我们所能看到的只剩白洋淀了。

白洋淀？对。

宋太宗后期，驻防瓦桥关的沧州节度副使何承矩上疏建议“导水陂泽”，建一条河泊相连的水上长城，得到宋太宗的认可。何承矩遂于993年发动18 000名士兵开河连泊，建成了一道绵延800里，最宽处达60里，“深不可行舟，浅不可徒步”的“塘泊防线”。《宋史》中第一次出现了“白羊淀”的名字，只不过是“羊”，还不是“洋”。

如今，水上长城大多变成了农田，只有白洋淀依旧存在，成为冀中平原最大的湖泊。或许，这便是所谓的沧海桑田吧。

明朝 24 小时：1461 年的那一天

以下记录的，是明朝英宗天顺五年（1461）七月初一晚 19：00 至七月初二晚 19：00 发生在京师的一起未遂的谋逆事件。

这不是谍战剧编剧凭空杜撰的故事，这是一段真实的历史。

明朝版的《24 小时》里，一样有惊天阴谋，一样有枪林弹雨，却独独没有杰克·鲍尔那样的孤胆英雄。或许那个糟糕的年代里，那些不知名的普通人便是救世的神。

七月初一晚戌时（19：00—21：00）

都督同知、昭武伯曹钦的府中灯火通明，后花园里正在进行露天烧烤派对。令人惊奇的是，推杯换盏、嚼着牛羊肉串的宾客里有不少细目高颧、穿着汉服的鞑靼人。原来，外界风传的太监曹吉祥、曹钦叔侄私结蒙古韃官一说果有其实。

平素喜欢豪饮的曹钦今晚只拿了一只小酒盅，一口一口地抿着酒，异常紧张地盯着在座的每一个人。刚刚派对开始前，他宣布："明日昧爽（拂晓）起事！"具体计划是：拥兵入宫，废掉英宗皇帝，他自立为帝。那边宫中自有叔叔曹吉祥以禁兵相为内应。为了确保不会走漏风声，参与起事的所有人全部被锁在后花园喝酒吃烧烤。

四年半之前，太监曹吉祥因为与武将石亨等人一同拥立英宗皇帝复辟，被封为司礼监掌印太监，一下子成为权力最大的太监。他的侄子曹钦也跟着被破例封了伯爵。曹吉祥、石亨自恃有功，飞扬跋扈，引起英宗皇帝的反感。去年，石亨、石彪叔侄图谋造反，英宗皇帝派锦衣卫千将逯杲卧底石家，查明石氏不法之事，将石家叔侄绳之以法。石亨瘐死狱中，石彪被处决。

兔死狐悲，曹吉祥、曹钦叔侄觉得曹家不久也会步石家的后尘。而逯杲对曹家的侦缉已经秘密展开。曹钦感到事态严重："逯杲侦缉紧急，再不起事，我就成第二个石彪了。"曹吉祥和曹钦叔侄专门叫来钦天监的死党汤序，让他选择造反的吉日。这个汤序又看天象，又翻历书，挑中庚子日昧爽时（七月初二拂晓）起兵——后来的事实证明，这个汤序如果不是业务不精，就是个大忽悠，为曹钦选了个凶日。

养兵千日，用兵一时。今晚曹钦将日常交结的这帮蒙古韃官全部召至府中。粗略统计，这支蒙汉混合的敢死队竟有500人之多。

关于谋反，曹钦还曾求教于自己的一个亲信冯益："历史上有没有宦官子弟当皇帝的?"冯益回答："您的本家魏武帝曹操就是个先例。"就这一句回答，坚定了曹钦自立为帝的决心。他太天真了。明朝开国还不到百年，不是行将就暮的东汉；金銮殿上坐着的是从死人堆里爬出来的明英宗，不是软弱可欺的汉献帝；而他自己更不是英明神武的曹孟德。所以，今晚的起事基本可以判定是一次作死的行动。

此刻皇宫外的朝房里，怀宁伯孙镗正在为明日出征做最后的准备。近日，蒙古孛来部频频犯边，皇帝决定派遣兵部尚书马昂、怀宁伯孙镗率军西征。马、孙二人定于明天早朝之后出征。69岁的老将孙镗这几天身体颇为不适，为了不耽误明天的早朝，他便宿在朝房。

今晚在朝房值宿的，是恭顺侯吴瑾。他是曹钦的侄婿——他的夫人是曹钦弟弟曹铎的女儿。尽管是亲戚，但吴瑾和曹钦"道不同不相为谋"。

天交二更，吴瑾手下兵丁禀报："门外有个叫马亮的人，说有要事求见大人!"

亥时（21：00—23：00）

马亮，蒙古人，本名完者秃亮，汉名马亮。作为曹家叔侄刻意交结的鞑官，他也应邀参加了曹府今晚的露天烧烤派对。当听到曹钦说今晚起事，马亮吓出一身冷汗：“这帮作死的货！凭这点人马，就想谋朝篡位？只怕是造反不成，自己先成了刀下之鬼！”马亮无论如何不愿替曹家叔侄陪葬。他第一个想到了恭顺侯吴瑾——吴瑾也是蒙古人，两人私交甚笃。马亮知道吴瑾今晚在朝房当班，他必须向吴瑾告变！

尽管曹府前后门紧闭，马亮还是以解手为由，轻松骗过周围的人，翻墙出了曹府，一路狂奔赶往朝房。

听完马亮的叙述，吴瑾头上的汗也下来了。他赶紧和同在朝房的怀宁伯孙镗通气。事关重大，两人决定立即向皇帝上奏。

因为五年前有“夺门之变”，所以现在宫禁看守极严。宫门天黑便下锁，直到次日天明才打开。半夜有紧急事宜启奏是没法开门的，只能将具疏（上报材料）从长安门的门缝中投入，名为“急变”。遇上急变，守门者必须第一时间直达御前。

今晚告变的孙镗和吴瑾两位将军，识字不多，写报告更是困难。可此等机密又没法找个秘书来代写。情急之下，这二位只好在纸条上写了歪歪扭扭六个大字：“曹钦反，曹钦反！”塞进了长安右门的门缝。

今晚英宗朱祁镇心绪颇为不宁。平心而论，“夺门之变”复得皇位后，他并不开心。因为石亨、曹吉祥这两个恃宠而骄的所谓拥立之臣，他几乎要变成傀儡了。他恬退隐忍，谨慎处置，终于在去年将石氏叔侄扳倒。至于曹吉祥，已成惊弓之鸟。前些天他又借曹钦擅挞下属一事狠狠敲打了曹吉祥和曹钦一下。对于曹吉祥这只笼中老虎，是打？是放？他还在犹豫。

孙、吴二人送来的六字具疏让英宗下定决心："抓曹吉祥！"

他找了个理由召见曹吉祥。不可一世的曹公公刚一进宫门，直接就被两旁的武士五花大绑。英宗同时下令：今夜戒严！皇城四门、京城九门，一律不许擅自开启！

谁说英宗懦弱？须臾之间，皇宫内部的威胁已经解除。

此时，曹钦那边派对开得差不多了，这帮死士酒足饭饱，跟着曹钦、曹铉、曹铎、曹铎四兄弟还按照原计划，直扑长安左门。发现宫门紧闭，空无一人。曹钦暗叫"不好"，叔叔在宫中没有得手，估计出问题了！

不知道是情况紧急害怕的，还是他本来就想找锦衣卫指挥使逯杲算账。反正在宫门外迟疑了几分钟后，曹钦竟然带着人去了逯杲家。貌似造反行动改为寻私仇了。

逯杲不愧是锦衣卫出身，大半夜的躺在床上突然翻身坐起。听到寂静的街上步履杂乱，逯杲感觉不妙，拉门要走，正撞上曹钦和他手中的钢刀。逯杲吭都没吭一声，就被曹钦一刀砍掉了脑袋。

七月初二子时（23：00—1：00）

乱刀砍死逯杲，曹钦出了胸中恶气，接着去造反。带着人又奔长安门外的朝房而来。此时，已有文武官员陆续赶往朝房待漏，等候早朝。

这里想解释一下“待漏”。待漏指的是朝会之日，大臣们在五更前赶到朝房等候上朝。漏，指的是铜壶滴漏，古代一种计时器。皇帝早朝规定时间是五更，也就是寅时(3：00—5：00)，但大臣们不可能踩着点过来，必须提前很早就赶到朝房候着皇帝。遇上勤政的皇帝，有时不到5点就上朝，大臣们基本上都是夜里两三点甚至更早，便在朝房等候。英宗朱祁镇的早朝便是这种情形，所以碰上朝会，大臣们基本头天晚上都睡不成整觉，吃完夜宵便直接来上朝。当然，朝会是每隔三天或五天才有一次。要是天天这样，大臣们非被整成神经衰弱不可。

今天来得最早的是都御史寇深。他曾弹劾过曹钦，今天冤家路窄，正巧在西朝房碰上，结果被曹钦斜肩带背一刀毙命。在东朝房，大学士李贤听到人欢马嘶，以为西征军在列队，正要出门看看。金风响处，刀光一闪，李贤下意识往旁一闪，刀从肩头擦过，割伤了耳朵。持刀者一回手，刀背重重地砸在他的背上。

“慢着!”凶神恶煞的曹钦驰马赶到，喝退了持刀者。扶起李大学士，晃了晃手中提着的逯杲的脑袋：“今天是逯杲激起的兵变，实在是万不得已。请为我草拟一道奏疏给皇上。”

李贤惊魂未定，摸着滴血的耳朵，被曹钦的人拖进吏部朝房，向吏部尚书王翱借来纸笔，开始为曹钦写罪责开脱书。

曹钦有他自己的打算：既然叔叔曹吉祥在宫中没有得手，他必须自己想办法诈开宫门。于是想到让李贤给皇帝写奏疏，以清除逯杲贼党为由进宫护驾。浸淫官场多年的李贤何等聪明！被拖往朝房的路上，他已经明白了曹钦的心思，同时也有了将计就计的应对之策。一道看似替曹钦汇报的奏疏却向英宗传递了另一条信息：外间有我李贤负责周旋，皇上且放宽心。

再说投疏告叛成功的孙镗。虽说他是西征军的统帅，但此刻他身边除了两个儿子外，没有一兵一卒。他只能先去离朝房最近的太平侯张瑾家——因为明朝武官都有蓄养家丁的习惯。不料这位太平侯真是个太平官和事佬，打死也不愿意带人帮老孙平叛。老孙无奈，只得带着两个儿子直奔南城的宣武门，那里便是即将出征的西征军部分营房。这次老孙有了经验，让两个儿子冲着营房大呼："刑部囚犯越狱造反，获贼者重赏！"抓越狱犯，还有赏钱，这是许多人愿意做的差事，很快便召集了二千军兵。

此时，长安门方向已是火光冲天。

丑时、寅时（1：00—5：00）

原来，李贤、王翱草拟奏疏之时，曹钦已经带人奋力攻打长安门的左门和右门了。宫门高大，禁军严阵以待，曹钦强攻不下，于是命人放火。眼看最外面的一道木门就要被烧毁了，守卫长安门的禁军急中生智，拆下御河的岸砖，在宫门内又堆起了一道坚不可摧的砖墙！曹钦的火攻计基本失灵。

时间一分一秒过去，叛军整整在长安门外耗费了一个多时辰！夜凉如水的四更天，曹钦急得满头大汗。他一面命人急攻长安门，一面纵马驰向西朝房。看着耳朵上缠着药布的李贤，曹钦突然反应过来：是不是李贤通过奏疏向皇帝通风报信了！

丧心病狂的曹钦直接拉刀架到李贤的脖子上："老子宰了你!"好在王翱还在边上，拼命拉住曹钦："曹大人，别乱来！李贤是皇帝的红人，杀不得！留着可以做人质!"王翱一句话，救了李贤的命。

气急败坏的曹钦转攻东安门。冤家路窄，途中遇上四处求救的恭顺侯吴瑾。尽管是亲戚，但大是大非的问题面前，曹、吴二人便是生死仇敌。话不投机，抽刀便砍。吴侯爷身后只有五六骑，他虽然英勇，无奈兵微将寡，一场拼杀过后，吴瑾等人"力战而死"。

东安门同样易守难攻，曹钦再次命人点火——他太不幸了。那边长安门内有御河旁的岸砖，而这边东安门内竟然长年堆着大量柴薪！东安门的禁军干脆在门内把柴薪也点燃了，门内门外迅速烧成一片火海，里面的人出不去，外面的曹钦也进不来了。

从长安门到东安门，曹钦两用火攻，均告失败。足见明朝禁军的素质之高，临危不惧，处置得当。

再说怀宁伯孙镗召集齐二千军兵，指着长安门方向："大家没有看到长安门的火光吗？曹钦谋反了。他的兵少，大家随我去杀贼，有重赏！"士兵们这才恍然大悟。既然孙将军说了平叛有重赏，那就跟着干吧！

别看先前的太平侯觉悟不高，可朝中还是有素质高的官员。文质彬彬的工部尚书赵荣竟然也穿上盔甲，跑到大街上召集了数百年轻力壮的小伙子跟着一起来杀贼平叛。

东方现出鱼肚白。困在东安门外的曹钦阵营已经是军心不稳。一部分胆小者感觉曹钦必败，又生怕自己被人认出，纷纷趁乱开了小差。当然，王翱、李贤二位也趁乱脱身了。

卯时、辰时、巳时（5：00—11：00）

孙镗的人马冲向东安门，与曹钦一党展开激战。孙镗毕竟带的是正规军，加之形势有利，一番激战后，叛兵大溃。

曹钦只得带着残部撤向东华门。孙镗领兵追击，遇上曹钦的弟弟曹镕带人来接应，双方再度激战。曹镕素来凶猛，但是几百人对两千人，终究不是对手。混战中，嚣张的曹镕被斩于马下，曹钦也被流矢射中，逃往东大市街。

七月初二上午时段上演的都是激烈的城市巷战动作片，恕不一一赘述。

午时、未时、申时（11：00—17：00）

曹钦退守东大市街，与孙镗的官军“相拒至酉”。也就是说，曹钦和孙镗在东大市街从中午一直对峙到傍晚。

曹家这帮兄弟确实嚣张。曹镕不服气，死在了东华门。这边曹钦的另一个弟弟曹铉，带着一百多马队，“往来驰突者三”，连续冲锋多次。官军经不住冲击，开始动摇。孙镗不愧是久经沙场的老将，亲手斩了几个退缩的士兵，方才稳住阵脚。这时，“神臂弓”（估计是强弓硬弩之类的重型武器）也已送到。在超级武器面前，曹铉再也炫不起来了，直接被射杀。

官军开始反扑。孙镗的次子孙軏立功心切，单人独骑冲至曹钦近前，挥刀就劈。曹钦赶忙躲闪，被砍中右臂。曹钦的一帮死士拼死围住孙軏，孙軏终因寡不敌众，长街殉国。多处受伤的曹钦见大势已去，率兵想破城而出。朝阳门、安定门、东直门、齐化门（现在北京的建国门）皆奉诏紧闭，他挨个攻，跟着挨个碰壁。

夜幕降临，天气骤变，一时间大雨倾盆。

酉时（17：00—19：00）

一场大雨把曹钦从内到外浇得拔凉拔凉的。大势已去的他只得仓皇逃回家中，准备做最后的抵抗。

此时，孙镗督战，兵部尚书马昂的精兵殿后，会昌侯孙继宗的军队也已赶到。孙镗下令：“凡军士能杀叛贼，得曹氏财产，即为己有！”这道命令无疑是一针强心剂，激战了一天的官军再次铆足了劲儿往里冲，小小的曹府成了屠宰场。曹钦投井自杀，曹铎死于乱军，曹家财物被劫掠一空，屋宇被夷为瓦砾，人口被屠杀净尽，无一幸存。

当捷报传至英宗手中时，宫中刚刚打落更。一慢一快，连续三次：“咚！——咚！”“咚！——咚！”“咚！——咚！”正好戌时！一场肘腋之变，仅仅十二个时辰便轻松平定。英宗皇帝长出一口气：困扰自己四年多的心腹之患彻底解除了！当即传旨，马上在午门召见百官。

关于本次谋逆事件，朝廷给出的处理是这样的：曹吉祥交付都察院监狱，三日后凌迟处死。曹钦兄弟四人虽然被杀，仍要“磔尸（乱刃分尸）”。后来追究曹家死党时，有两个人难逃死罪：一个是告诉曹钦“你的本家曹操也是宦官之后，照样能当皇帝”的冯益，一个是替他们起事选日子的钦天监的公务员汤序。两个大忽悠，因为忽悠了笨蛋曹钦，最终把自己给忽悠死了。

至于此次平叛的功臣，孙镗进封怀宁侯，阵亡的次子孙軏赠世袭百户，马昂、王翱、李贤皆加太子少保，告变的马亮升任都督，殉国的吴瑾追封梁国公，寇深追赠少保，其余出力将士各有升赏。

天顺五年七月这一天，只是有明一朝 276 年当中一个普普通通的 24 小时。即便说到血肉横飞的谋逆未遂事件，相比另外15位天子当政期间的大事件也不过是小插曲。但正是这一次少有英雄、却多惊险的事件，让我们亲历了真实的政治斗争，见识了不甚精彩的争分夺秒，还有令人唏嘘的你死我活。

历史，可能没有故事片精彩，但一定比超级大片更加摄人心魄。

辑四　庙堂之高

皇帝在中国消失已经一百余年了，但是在许多人心中，皇帝依旧“生机勃勃”。农耕文明浸润出来的子孙，羡慕的不是皇帝本身，而是皇帝头上的皇冠、身上的龙袍。

我觉得可笑，我要把“龙袍”从皇帝身上扒去，从那些有着权力崇拜欲望的人心中扒去。

皇帝不是英雄，不是圣人，更不是神仙，不过是和我们一样，甚至智商、情商都要大大逊色于我辈的普通人。既然机缘巧合，他们坐进了金銮殿，成为一个历史时段的名片代言，那么即便它是一条狗，也会摇身一变成为天子(或者可以叫天狗)。

读中国古代史的途径无外乎：官修的所谓正史，稗官野史，还有就是茶余饭后的渔樵闲话。相比之下，正史的连续性、条理性更强，所以在大的历史经纬梳理上，我们往往依据正史。只可惜，官修史书多是王朝史、皇家史，帝王将相是不变的主角。于是，我们不得不今天要查刘家的家谱，明天去看李家的一日三餐，后天还得跟着赵家子孙找定位记录。与其说皇帝或者说皇家的人是故事的主角，不如说他们是汽车导航仪里的那只电子狗。

通过审视一只一只电子狗的政治表现，我们得以了解每一驾皇家马车的行驶路径，进而洞悉每一个王朝的功过得失。

皇帝的颜值

我曾经胡思乱想：如果智能手机能早诞生两千多年，现在咱们是否就能够得见诸位天子的龙颜了？仔细一想，还是不可能。因为 PS（图像处理软件）的技术和当年宫廷画师手中遮丑粉饰的画笔都是一个功效。

一

因为穿越剧、武侠剧以及各种神剧，大家印象最深的帝王形象便是清朝的康雍乾三朝的祖孙帝王。觉得康熙就得是陈道明一样的大叔范儿，雍正应该是吴奇隆式的“小鲜肉”样子，乾隆就更是郑少秋那样的风流派了。

我只能说戏说历史的电视剧害人不浅。

具体来说，真实的康熙皇帝个头没有陈道明高，大约一米六五。说到颜值，康熙是个麻子脸——别惊讶——如果不是满脸麻子，康熙爷还坐不上皇位。这件事得从康熙父亲顺治皇帝说起。清兵入关时，正值天花病盛行。当年这病就跟SARS、禽流感、新冠肺炎一样属于令人谈虎色变的顽症。一般沾上这病，要么直接玩完，要么身上有了抗体，属病原体携带者。康熙他爹顺治皇帝就不幸得了天花，24岁便不治而亡，并非像野史传说那样，为了董鄂妃出家为僧。

顺治皇帝死后，孝庄太后在选择接班人时就特别注意天花的威胁。而顺治8岁的三子玄烨年幼时出过天花，得以终生免疫。于是，玄烨轻松胜过二哥福全（皇长子早夭），登上大宝。至于康熙皇帝是不是真的一脸都是麻子，史书上记载极少。皇宫内的画像又多为宫廷画师的褒扬之作，即便有麻子，也早被他们人为PS掉了。我个人猜想，既然是幼年时得的天花，估计康熙皇帝脸上的麻子不会多，甚至只留下一些痘印，属于“剩痘士”。

雍正皇帝的长相最扑朔迷离。因为他是一个Cosplay（角色扮演）爱好者。前阵子网上流传各种四爷的超萌照，不是网友恶搞，而真是故宫里传世的四爷异装画像：有穿道袍的道士像，有穿喇嘛服的喇嘛像，有穿汉服的隐士像、抚琴像、戏虎像、看书像、耕犁像，最奇特的要数他穿洋服的画像。据当时他身边的欧洲宫廷画师郎世宁说，雍正五年时，有一次四爷在圆明园接见60多名外国传教士，那天他头戴卷毛假发，身穿西装，颈系围巾，脸上敷粉，鼻梁上架着一副眼镜，唇上还贴着两撇欧洲流行的长长的八字胡，活脱脱就是法国国王路易十四。不仅所有的外国小伙伴惊呆了，陪同的清朝礼部官员更是当场晕倒。不管别人怎么看，反正雍正皇帝很得意，还特意让郎世宁为他画了张写真——这就是后来我们见到的那张卷毛四爷像。

四爷的长相很搞怪，没法确定，但个头我们还能查出来。在美国波士顿博物馆陈列了一件四爷当年的常服上装，上面的尺寸是长 139 厘米。于是有专家推算出四爷的身高应该在 1.75 米到 1.8 米之间。

电影、电视剧里的乾隆皇帝数得过来的，至少得有一个连了吧。他究竟长啥样儿？作为清朝最嘚瑟的皇帝，关于自己的长相，乾隆一定会让史官留下一笔的。《清史稿》里说他："隆准颀身。"隆准就是鼻梁高、鼻头正；颀身就是身材修长。我觉得这四个字基本跟没说一样。《清高宗实录》里则说他："生而神灵，天挺奇表。殊庭方广，隆准颀身，发音铿洪，举步岳重，规度恢远，嶷然拔萃。"这段话不用我翻译，大家也能看出，还是四平八稳、无限拔高的拍马之辞。

大臣们不敢乱说，外国人却能说出个真实情况。英国使节马戛尔尼进见乾隆时，目测了一下这位当时已经 83 岁的皇帝"身高约五英尺二英寸"，一换算就是约 1.6 米，咱们再往回推一下，年轻时乾隆应该在 1.66 米到 1.68 米之间。随团的巴罗回忆说："他眼睛漆黑，目光锐利，鼻子鹰钩，即便在如此高龄，面色仍相当红润。”而朝鲜使臣朴趾源在朝贺乾隆七十大寿时见到了皇帝，他的印象是：“皇帝方面白皙而微带黄气，须髯半白，貌若六十岁，蔼然有春风和气。”这样看来，乾隆保养得相当不错。

相比之下，我们可以判定，康熙、雍正、乾隆三代祖孙里，雍正的个头最高，乾隆的颜值最高。

二

关于中国第一个皇帝秦始皇的长相，丑鬼和帅哥的两派观点针尖对麦芒，吵了许多年。

丑鬼之说源自《史记·秦始皇本纪》。那里面秦国客卿尉缭说：“秦王为人，蜂准，长目，挚鸟膺，豺声。少恩而虎狼心，居约易出人下，得志亦轻食人。”郭沫若同志借着当年在日本上过医学院的经历，推测：蜂准，是马鞍鼻，也就是塌鼻梁；长目，怀疑应为马目，就是眼球外鼓；挚鸟膺，就是鸡胸；豺声，就是哑嗓子，肯定患有支气管炎。综合考虑，郭老认为秦始皇是长相丑陋的软骨症患者。

而史学家翦伯赞在《秦汉史》一书中则说，“他并不是后世所想象的生长着一副严肃得可怕的面孔，假如他多少有些母亲的遗传，他应该是一位英俊而又漂亮的青年。”

我个人更倾向于翦老的说法。因为秦始皇的母亲赵姬是个美女歌姬，在吕不韦家被秦始皇他爹异人看中，带回家后生下嬴政。嬴政父亲异人当年攀附华阳夫人当养子时，一眼便被这女人看中，想来这哥们儿长得也不会太难看。所谓“儿子多像娘”，嬴政的颜值更不会太差了。即便幼年时在赵国做人质，生活条件不好，营养不良，有可能会患上支气管炎这样的慢性病，但秦国王室身体素质良好，还出过秦武王这样力能举鼎的大力士，所以鸡胸、软骨症这些遗传性疾病基本不会在嬴政身上出现。

而《史记·秦始皇本纪》中尉缭那段关于秦王为人的说话，我觉得更像是对其个性、行为方式的评述，而不是对他相貌的白描。

三

如果说秦始皇的帅还要再争论几句的话，隋炀帝杨广的帅便是毋庸置疑了。为什么？人家祖传的混血基因太好。

杨广的外祖父叫独孤信，史书称其“美容仪，善骑射”；在军中，人称“独孤郎”。想想当年叫郎的还有谁？周瑜啊——超级帅哥！人家独孤信还是匈奴和鲜卑的混血帅哥。当然，他最牛的地方还不是帅，而是生了七个女儿，这些丫头中有三个嫁对了人家：大女儿做了北周世宗皇帝的皇后；四女儿嫁给北周太尉李虎的儿子李昺，生了个儿子叫李渊；七女儿也是小女儿，嫁给了北周权臣杨忠的儿子杨坚。也就是说，这个独孤信有三个女儿做了三个王朝的皇后或太后，这仨闺女的长相怎么着也能跟电影明星有得一拼吧。而独孤信也就是三个王朝的国丈——可以上吉尼斯世界纪录了。

杨广他爹杨坚也是帅哥。唐初，李延寿在《北史》中说隋文帝："皇考美须髯，身长七尺八寸，状貌瑰伟，武艺绝伦；识量深重，有将率之略。"所以杨广的颜值不需要再怀疑了。《隋书·炀帝纪》里说他："上美姿仪，少敏慧。"这哥们儿在即将亡国时，引镜自怜："好头颅，谁当斫之!"到这时候了，还不忘自夸一下自己的好颜值！真的是帅到要死了。

四

说完帅到家的，再来谈谈公认的丑到哭的。

通常我们认为，明太祖朱元璋相貌十分丑陋。相传他的面部"七孔朝天"，就是眼睛、鼻孔、嘴巴、耳朵都朝上，因为画师据实画出来的样子太丑陋了，他一气之下连杀数人。后来一个画师干脆凭着感觉画了一张英明神武的画像，结果朱元璋大为满意，于是便有了咱们今天看到的那幅大气的明太祖画像。

当真如此吗？我表示怀疑。

网上有人统计，我们现在能看到的朱元璋画像有十余幅之多，形象各不相同。既然无法直接判定朱元璋的长相，那我们就从他的子孙画像里寻找蛛丝马迹。

在现存的大明十六帝画像中，我们可以看到，其余十五帝没有过分丑陋的，相貌基本都属中正（当然了，中国古代皇帝的画像都差不多，臣下为君者讳罢了）。其中，明成祖、建文帝、明仁宗这三人还是朱元璋的第二代和第三代。虽说儿子多像妈，可总和爹有那么一点形似或神似。特别是明成祖朱棣是朱元璋的四子，他的画像同样英气逼人，与那幅大气的明太祖画像颇有几分神似。所以，说朱元璋丑陋不堪显然站不住脚。而史书上唯一提到朱元璋子孙体貌不好的，就是说建文帝后脑勺是新月形，即常说的偏头，朱元璋不喜欢。不过这是头型问题，按现在我们对新生儿的理解，基本是他在月子里睡觉家长没加小心，导致偏头，与相貌无关。

话又说回来了，朱元璋起于草泽，在红巾军郭子兴帐下从小兵做起，一步一步升至帅位。试想在那样一个以貌取人的年代，丑陋的穷小子朱元璋在没有后台的情况下，能够单纯凭借自身实力脱颖而出，获得郭子兴的信任，接替郭的位子并且娶到郭的义女马氏吗？我觉得不大可能。即使郭有偏心，丑八怪朱元璋也无法镇住才貌双全的徐达、常遇春之辈。

并且中国古代对帝王的长相特别注重。当年曹操位高权重，迟迟不敢代汉称帝，有个重要原因就是，他身材矮小，其貌不扬。史书上说他“望之不似人君”，所以阿瞒哥心里打鼓，不敢坐到皇位上，怕人笑话。有次匈奴使者来见他，他怕自己的相貌被别人笑话，就让帅哥崔琰装成自己去接见，他却穿成护卫站在一边旁听了。

我更相信，朱元璋是因为刚猛治国，杀伐太重，招致后人痛恨，才出现丑化其相貌的情形。这一点上，得罪过文人的秦始皇、雍正也有同样的境遇。还有传说，朱元璋经常微服私访，害怕别人认出自己并谋害自己，才设计出“七孔朝天”的丑陋画像。试想一下，正常人能长出这样稀奇古怪的鞋拔子脸吗？

朱元璋究竟长什么样儿？我觉得，“七孔朝天”的丑八怪不太可能，英明神武更有粉饰之嫌，应该就是长相一般、顶多中等偏下的普通人相貌。朱元璋去世都 600 多年了，固然他在为政方面多有缺失，但后世也没有必要在相貌上拿他开涮，给他添堵。

五

有人统计，从公元前 221 年秦始皇统一六国称皇帝，到 1912 年清朝宣统皇帝溥仪退位，中国历史上大王朝、小王朝的各种穿过龙袍戴过皇冠的正牌的、山寨的皇帝加到一起超过 400 个。我们唯一见到过真容的只有宣统皇帝溥仪，因为 20 世纪初照相机已经在中国出现了。其他这 400 余位皇帝的相貌，我们大抵只能通过博物馆里的画像和史书中的只言片语，还有民间传说去推测了。可惜的是，皇帝的画像几乎都是一个范儿，要不正襟危坐，双目直视；要不垂手直立，面带微笑。以至于有人吐槽，秦始皇和汉武帝的画像看上去更像亲哥俩儿。而史书中关于皇帝的相貌记载也都是“貌奇伟”“日角龙颜”“尧眉舜目”“天日之表”云云。

明太祖的长相一直是网友热议的话题。方面大耳，还是鞋拔子脸？人们给出了各种见解，又推翻了这些说法。

说到底，这是皇帝的权势在作祟。因为是皇帝，所以画师也好，史官也罢，只能为尊者讳。于是皇帝都成了千人一面，颜值问题自然也在标准画像的模式下荡然无存。这样看来，我们倒是要感谢野史记载，还有现在的神剧胡扯了。毕竟有了他们的神吹海侃、胡编乱造，这帮面无表情的皇帝们才变得千奇百怪起来，我们于是也有了点赞、调侃和戏谑的由头。

皇帝也是人，长得好的不能延年益寿，长得丑人家照样君临天下。而对于热衷探究皇帝颜值的我们来说，扒掉皇帝身上那层神秘的皇袍，还原他们的真实样貌、真实内心，从荣辱得失间看人性的善与恶，或许比追星般刨皇帝的八卦、单纯满足一把猎奇欲更要有意思得多。

父皇的烦恼

所谓父子情深，好像只适用于皇宫之外。

一

都说“打虎亲兄弟，上阵父子兵”，唐高祖李渊却发现，一个儿子优秀是宝贝，两个儿子机灵却是负累，如果三个儿子都是人精，那基本上就要天下大乱了。

李渊一生共有子嗣 41 人，其中儿子 22 人、女儿 19 人。多数孩子都是他的姬妾妃嫔所生。公元 617 年李渊太原起兵攻占长安之时，他已育 5 子，包括原配窦夫人生的 4 个儿子：长子建成，次子世民，三子玄霸，四子元吉，以及侧室万氏生的五子李智云。其中，三子玄霸早在三年前已经夭折，并非后来评书演义里天下无敌的傻小子李元霸。

太原起兵攻占长安，长子建成、次子世民充当了李渊的左膀右臂，立下汗马功劳。此时元吉尚小，留守太原。不幸的是，最小的李智云未能及时逃离河东，被隋朝官员抓获并杀害。

次年隋炀帝被杀，天下纷争。李渊正式称帝，建立唐朝，立建成为太子，封世民为秦王、元吉为齐王。

大唐新立，削平群雄是首要任务。为老爹打江山，儿子们很卖力。太子建成和秦王世民各领人马，东征西讨，逐渐长大的齐王元吉也跟在两个哥哥军中效命。从战绩来看，太子和秦王各有千秋，甚至世民的表现更为出色。

于是问题来了：秦王功劳太大，还能给他什么样的赏赐？

唐高祖武德四年（621），25 岁的世民已经是尚书令（相当于宰相，唐朝后来只有尚书，而尚书令这个职位再没人敢接，成为虚衔）、加左武侯大将军、凉州总管。不得已，李渊又给他加了“天策上将”、陕东道大行台，并宣布位在王公之上。真的不知道再怎么给他加官了，只能在徽号上做点文章。

相比之下，太子建成已经跟在父皇身边处理政事，为以后的接班做准备了，自然战功不及世民。

二弟的表现太出彩，大哥坐不住了。我们看到，平定刘黑闼集团的任务是前期由世民率兵重创，临门一脚的好球却是建成讨令前往擒斩刘黑闼。

二

江山初定，儿子们争抢起继承权来同样很卖力。

在他们看来，江山姓李，现在是老爹的，未来则应该传给功勋卓著的我！

建成及他的手下认为，按照嫡长子继承原则，皇位本该是太子的，岂能容世民染指！

世民和他的死党则认为，江山是二皇子打下来的，论功劳、论才干，就应该由我来继承皇位！

那个年纪还小的齐王元吉也加入了这场争斗，他把赌注压在了大哥建成一方。

所谓家天下，原来唐高祖李渊最难剃的头不是各路割据势力，而是自己的仨儿子。

建成、元吉跟世民两大权力阵营早已忘掉了骨肉亲情，只有针锋相对的尔虞我诈。从安插眼线玩无间道，到相互栽赃黑你没商量，一直发展到最后的喋血玄武门。

由于李世民登基后大量篡改史料，以至于《旧唐书》《新唐书》这些所谓正史无法为我们还原一个真实的兄弟之争。为了皇位，兄弟刀兵相见，史上常见。但是李世民的目的不只在兄弟。玄武门之变成功后，他命大将尉迟敬德"擐甲持矛"进宫，以护驾为名对父皇实施了逼宫。

那一刻，玄武门前血泊中的建成、元吉是鱼肉，御湖泛舟之际惊愕连连的李渊同样是鱼肉，只有世民才是主宰生杀的刀俎。

3天后，世民成为太子。两个月后，世民即皇帝位，史称太宗，尊父亲为太上皇。

搅扰李渊多年的烦恼被次子世民快刀斩尽，绝了兄弟之情，淡了父子之恩。3年后，李渊迁出太极宫，搬到大安宫。除了一些实在推脱不掉的朝廷重要宴会，李渊一直待在大安宫，甚至以前每年必去避暑的九成宫，他也再不愿意与太宗世民同往。

大唐立国，李渊做了9年天子，又做了9年太上皇，70岁时寿终正寝。天子时，他因儿子们的争斗烦恼；太上皇时，他因儿子们的争斗落寞。

三

直到自己坐上皇位，孩子们逐渐长大，曾经令父皇头疼的李世民才发现，自己也摊上了父皇的烦恼。

李世民共有子嗣35人，其中儿子14人、女儿21人。长孙皇后生长子承乾、四子李泰和九子李治。李世民登基时，承乾8岁，被立为太子。史书上说承乾“性聪敏，太宗甚爱之”。

承乾16岁以后，李世民时常将军国大事交由他处理。史书评价见习期的太子承乾“颇识大体”，表现不错。

但是，承乾的身体有毛病，脚部患病，走路困难。一国之君如果走路一瘸一拐，实在有伤大雅。

同时，他的弟弟魏王李泰也逐渐长大。这孩子聪明好学，文章写得一级棒；21 岁时便主编了《括地志》一书，记述了六朝以来许多珍贵的历史地理资料。李世民对他非常满意。

李泰是个大胖子，肚大腰圆，走路也不是太方便。为此，李世民特许他可以坐轿入宫。当时有大臣背地里笑话李泰，李世民便说："人生之事，生死难料，万一哪天太子有什么不幸，你们怎么知道其他皇子不会为新的储君呢？怎么可以随便轻视呢？"

这样一段有所指的教训，令大臣开始揣测万岁的心思：难道有更换太子之意？

魏王李泰名声日隆，太子承乾当然感到了威胁，大臣们也纷纷开始站队。于是大唐高层再次出现两个权力集团：太子东宫与魏王宫。

后面的剧情只是重复父辈们的故事。太子和魏王之间，不再有兄弟情深，而是你捅我一刀，我黑你一下，绞尽脑汁要把对方拉下马。

李世民最不愿看到的兄弟争位事件就这样活生生地再现了，他害怕再来一次玄武门之变。

贞观十六年的六月初六，玄武门之变十六周年纪念日刚过两天，李世民追认哥哥李建成为太子。他是想委婉地告诫儿子们和大臣们，朕已经原谅哥哥了，更不希望这样的悲剧重演。

四

偏偏这时，来了个搅局的。

并非嫡出的齐王李祐原本跟王位一点关系没有，他却跳出来造反。齐王之乱很快就被平定，但调查此案时，齐王手下的一些江湖侠客被发现与太子有牵连，其中一人还告发太子谋反。再一调查，举报属实。李世民彻底崩溃。

无奈之下，承乾被废为庶人。

那么，李泰能胜出吗？没有。

李泰聪明过头了。他主动跟父皇说，如果我做了太子，当皇帝之后就把自己唯一的儿子杀掉，未来让弟弟李治接班。这番肉麻的表白当时令李世民很感动，转过天再仔细一琢磨，吓出一身冷汗：活脱脱又是一个冷血的东西！

此后，李世民去看望过被废的承乾。承乾提醒父皇，自己与李泰的争斗是出于保住太子之位的正当防卫。如果李泰被立为太子，父皇便中了他的圈套。

此时，太子的候选人只剩魏王李泰和晋王李治。老实孩子李治从未介入哥哥们的争斗，但最近一直心神不宁。李世民一追问，李治说出实情：李泰多次逼他退出竞争。

几件事情一综合，李世民毅然放弃了李泰。

太子的金冠不偏不倚地落到了李治头上。

五

这是不得已的选择。

身心俱疲的李世民既担心玄武门的悲剧重演，更害怕江山社稷不稳。权衡再三，他只能选择一个才德平庸的李治接班。这样既粉碎了太子党、魏王党，又保证了新班底的平稳过渡。

李治的才德不够，父皇来帮他。李世民尽心竭力地为李治挑选辅臣，替他树立有德之君的形象，甚至亲征高丽，替李治解决边患难题。可是他包得了一时，包不了一世。征高丽失败，李世民的健康也大受影响，不久，因为过量服用长生丹药逝世，终年52岁。

作为当初父皇烦恼的制造者，李世民践踏亲情人伦，用实力证明，自己才是父皇最好的接班人。但是因果轮回，他自己也深陷父皇的烦恼。他害怕重蹈父皇的覆辙，强势撤换两个不肖之子，不得不把江山交给了平庸的李治。前有权臣长孙无忌，后有铁娘子武则天，乖孩子李治要让父皇失望了。

皇帝的儿子一箩筐，皇帝的接班人却只有一个。每一个孩子都是骨肉，每一个孩子都想上位，每一个孩子都有可能成为明君或者昏君。父皇要考虑个人喜好，要考虑后妃关系，要考虑大臣意见，更要考虑国家的未来发展。

原来最合适比最好更难选择。

皇家历来没有亲情。所谓父皇的烦恼，不过是权力的烦恼。因为帝国体制的死结，所以这烦恼解不开，甩不掉，没尽头，有血无情，欲哭无泪。

彪悍的武则天不需要解释

则天女皇帝的网名叫武小强，QQ签名是：彪悍的女人不需要解释。她的彪悍纪录：两任丈夫是皇帝（唐太宗李世民、唐高宗李治），两个儿子是皇帝（唐中宗李显、唐睿宗李旦），两个孙子是皇帝（唐少帝李重茂、唐玄宗李隆基），自己实际御宇半个多世纪；以67岁高龄登上大宝，成为史上登基年龄最大的皇帝；从临朝称制到退位，前后共使用年号18个，超过后世明朝所有皇帝的年号总和，为历代皇帝之最；以82岁的高寿在中国400多位皇帝的寿命排名中挤进前三名（第一是清高宗乾隆皇帝89岁，第二是梁武帝萧衍86岁）。

强悍的女人不少，但多是河东的吼狮。在家里争个宠吃个醋，那算得啥子能耐哦，真正出得门厅、上得庙堂的女人才算彪悍。盘点中国帝国时代 2 000 余年间，称得上彪悍女的满打满算都不够一只手，武则天堪称彪悍女一号。

一

超级彪悍女的炼成，需要极严格的主客观条件。武则天出身士族官僚家庭，但母亲并非正妻，她也是次女，所以从小就饱受大家庭里的尊卑冷遇，反倒养成了日后政坛上处变不惊的冷酷性格。

她 14 岁入宫，便受到太宗李世民的临幸。可惜，太宗的女人太多，一夜风流后就忘记了。有心计的武则天甚至还有过引人注意的特别表现。有一次，太宗无法驯服烈马狮子骢，宫女武则天自告奋勇进言："妾能驾驭此马，但需要三样东西：铁鞭、铁挝和匕首。先用铁鞭打，不行再用铁挝揍，最后用匕首断其喉。"这等彪悍的方法虽然当时博得太宗的口头表扬，却也着实吓到了皇帝。直到李世民驾崩，武则天独守了 12 年的空房。

显然，彪悍的男人不喜欢这样的彪悍女。

总有一款男人适合彪悍女。英武的唐太宗儿子一堆，其中不乏才情出众的太子李承乾、魏王李泰和吴王李恪。可偏偏这帮人精为了储君的位子闹得不可开交，再加上这帮人的舅舅长孙无忌在里面瞎搅和，李世民最后不得不把储君的位子给了不会争抢、软弱的晋王李治。李世民死前替李治安排的托孤之臣是长孙无忌、褚遂良这帮老杆子，又臭又硬，把新皇帝管得毫无自由。

暖男李治早就喜欢上了大他 4 岁的武则天。可是他的小武此时正在感业寺的尼姑庵里当尼姑呢。不要紧，他的王皇后因为和萧淑妃斗得不可开交，竟然脑子短路，让皇帝把小武召回宫，盘算着多个帮手一起智斗萧淑妃。不久，无脑的王皇后就为自己的弱智埋单了，小武把萧淑妃、王皇后以及后宫与自己和不来的妃嫔一锅都给烩了。

李治真的没想到，小女子武则天竟然管得后宫，上得朝堂，制得群臣，很快就帮助自己摆平宫里宫外，实际掌握了大权。

二

偌大一个唐帝国集团的日常文档堆起来有一人多高，摆到董事长李治面前，他傻了，他根本没有能力应对。没关系，再叫董事长办公室一号秘书小武来。小武处理起国家大事同样游刃有余，于是她直接升任唐帝国集团的CEO。加上董事长身体不好，“苦风眩头重，目不能视”，日常的朝会都变成了“二圣”临朝，称高宗为天皇、武则天为天后。大臣们在下面汇报工作后，基本就是武则天给出处理意见，高宗在一旁点头:“同意，按天后的意思办。”

10 年后，高宗驾崩。武则天的儿子李显继位，是为中宗。网络上大家都称李显作“六位帝皇丸”，因为他爸、他妈、他自己、他弟、他儿和他侄儿都是皇帝。

我倒觉得，他真的要吃“六味地黄丸”了。

从能力上来说，他比他爹李治还要窝囊。从家庭来说，他比他爹还不幸，他不仅有个彪悍的妈，还有个想要更彪悍的老婆和想要接着彪悍的女儿。三个彪悍的女人把他欺负成了受气包。被老妈送上皇位，才一年就被拉下来。他见老妈武则天跟老鼠见猫一样。他被贬房州时，房梁上总备着根绳子，一听说京城来人，他就觉得老妈要杀他，自己就把绳子往脖子上套。幸亏老婆韦氏手快抱住他。李显大难不死，还有后福，又被老妈送上皇位。不久老妈死了，他似乎安全了，却又被想效仿他老妈武则天的老婆韦氏和女儿安乐公主，用毒饼子给毒死了。

武则天的小儿子李旦在哥哥李显下台后，也曾被老妈送上皇位。但这个老幺比他哥会来事儿，老老实实听老妈的话，6 年后看老妈想做皇帝，主动让位。后来他那个想彪悍的嫂嫂韦氏造反，他让儿子李隆基和妹妹太平公主直接摆平了。他自己又顺利登上皇位。3 年后，彪悍的儿子李隆基和彪悍的妹妹太平公主打仗，他又主动让位给胜出的儿子，自己乐得做太上皇。在李治一家窝囊的男人当中，李旦的表现算是最高明的，所以得了个睿宗的庙号。

原来，一个彪悍的女人身边围着的全是窝囊的男人。武则天的彪悍基因一点没浪费，全传给了女儿太平公主。可惜，太平公主没有老妈幸运。她的侄儿李隆基是个超级彪悍男，所以一轮 PK 下来，太平公主的彪悍秀就提前叫停了。

三

既然是彪悍女，就得有彪悍的范儿。

武则天废黜中宗李显之时，徐敬业等人在扬州起兵，才子骆宾王操刀的《讨武曌檄》文采斐然，堪称古今第一檄文。群臣看得心惊肉跳，武则天却对大骂自己的文字置之一笑，反倒惋惜："这样的人才却不重用，反使他流落在朝廷之外，这是宰相的过失啊！"果然，不到 50 天，这帮会写文章的秀才的造反行动就烟消云散了。

一个女人何以在男权林立的朝廷上站稳脚跟？武则天采取了非常手段：告密制度、酷吏制度和冤假错案。她用告密与举报交织的非常手段营造起国家恐怖氛围，用酷吏加酷刑的极端行为打击所谓的国家敌人，更用人人自危的高压态势实现治下的长治久安。在人们的唾骂指责声中，天下安定，武则天稳坐龙廷。

与汉初的吕后、后世的慈禧不同，武则天的彪悍带给帝国的是满满的正能量。她专权的日子，是承接贞观之治和开元盛世的重要桥段。她治下的帝国经济发展、国力增强、社会进步，延续了大唐前期 130 余年的盛世神话。

不管你是谁，赢得了天下，却赢不了岁月。斗败了无数对手的武则天最终也不得不向命运低头。她毕竟是女人。她很清楚，在她百年之后，政权只能还到李氏子孙的手中，而不可能由她武家不成器的武三思等人来接替。

于是，她在人生的最后一个新年，传位于儿子李显，国号由周恢复成唐。

10个月后，武则天去世；临终立下遗嘱：去掉则天大圣皇帝的帝号，称则天大圣皇后；同时给所有对手、曾经因为政治斗争受连累者（长孙无忌、王皇后、萧淑妃等）平反。

四

她曾经一度实现了凤在龙上的统治模式，却无法真正改变以男权为中心的政治制度。所以在生命的尽头，彪悍的她第一次向命运低头了，重新回归女人的本色，配飨李唐王朝的太庙，坐回她的皇后位置。至于给那些她伤害过的人平反之举，则表明她希望九泉之下自己的良心能够得到救赎。

武则天要求儿子中宗将她和高宗李治合葬在乾陵。今天人们前往乾陵参观游览时，都会去那块著名的无字碑打卡。导游通常会煞有介事地介绍，武则天认为自己功业伟大，当世无法下定论，便留下这块无字碑给后世评价。如果我们再去唐朝其他皇陵参观，就会发现，包括武则天的儿子中宗李显的定陵在内的不少皇陵都会有这样一块用来旌饰陵墓的无字大碑。一块石碑上不写字就是不写字，没有那么多的故弄玄虚。如同则天女皇为自己生造的名字“曌”一样，日月在上，天下为空，功过是非完全不需要当世、后世的任何褒扬或贬损。

彪悍的女人不仅生前是传奇，死后同样充满惊奇。

唐朝皇陵多次遭遇盗陵之祸。唯独李治、武则天夫妇合葬的乾陵如有神助，完好无损：唐末造反的黄巢曾发动40万士兵开掘乾陵，结果连个入口都没找到；五代时的军阀温韬曾连挖17座唐朝皇陵，可是轮到乾陵时连遭狂风暴雨，吓得他不敢造次；到了民国，“东陵大盗”孙殿英掘慈禧的墓大发横财。陕西的孙连仲看得眼馋，打着演习的幌子，用炸药强行炸开乾陵的墓道。这时又离奇地刮起龙卷风，盗墓行动再次失败。

五

相传洛阳龙门石窟那尊最著名的卢舍那（梵语，有光明普照之意）大佛，就是当年唐高宗命人仿照皇后武则天的容貌仪态建造的。龙门石窟2 100多个石窟中10万多尊佛像，唯有这尊卢舍那大佛仿照的是东方女性面容，美丽雍容，有“东方蒙娜丽莎”的美誉。

在胶片相机发明之前，人类保存影像最常见的方式便是绘画，武则天却采用了石刻。这样，她的音容笑貌才不会因为岁月的变迁而减损半分，她的所作所为才不会因为典籍的疏漏而面目全非，她也得以千百年长久地注视着她的神都洛阳，见证历朝历代的兴衰起落。

今天，当子孙后代争相一睹卢舍那大佛神秘的微笑之时，又有几人能够完全读懂其中的深意呢？那是男权女权激烈 PK 的见证，那是一个王朝尘封千年的谜语，那是一个女人孤独霸道的范儿。

卢舍那大佛位于洛阳龙门西山南部山腰大卢舍那像龛，通高17.14 米，头高 4 米，耳长 1.9 米，是龙门石窟中艺术水平最高、整体设计最严密、规模最大的一座造像。

皇帝的父亲应该是谁

如果天上有馅饼砸到你，那么一定会有莫名其妙的荒唐事接踵而至，叫你不胜其烦。宋英宗赵曙和明世宗朱厚熜，便是这样的幸运儿+倒霉蛋儿。

“濮议”：靠谱 or 不靠谱

北宋第五任皇帝英宗赵曙，并非第四任皇帝仁宗赵祯的亲生子。他是仁宗赵祯的叔伯堂弟濮安懿王赵允让的第十三子，原名赵宗实。早在4岁时，赵宗实便被接到宫中由仁宗的曹皇后抚养，和另一个皇亲幼童一起充当未来储君的“备胎”。

有宋一朝，皇帝在子嗣问题上都会做这样的预备措施。

当年宋真宗赵恒的太子夭折，濮王赵允让也曾一度被送入宫中充当太子“备胎”。后来仁宗出世，赵允让才被送回王府。

仁宗赵祯虽然是一代明君，在位 42 年，却在传宗接代问题上难以启齿。他一生有子 3 人，有女 14 人，但是 3 个儿子全部早夭，直到 54 岁驾崩，他的子嗣清一色全是女娃。

赵宗实入宫第二年，仁宗的长子出世，不过当天便夭折。

过了两年，仁宗次子降生。于是，“备胎”赵宗实被送回家。

4 年后的正月初一，仁宗的三皇子出生，又是只高兴了一天，孩子便夭折。没出正月，4 岁的二皇子也夭折了。之后，任凭仁宗如何努力，妃嫔们再没生过男孩。

皇储问题成为仁宗皇帝晚年的痛点。去世前两年，他不得不与大臣们商议立太子一事。宰相韩琦问皇帝可有意中人，仁宗竟然还记得 26 年前的那个“备胎”赵宗实，说这孩子感觉不错。于是，经过一系列烦琐手续，“备胎”家庭终于出了一个正牌太子，31 岁的赵宗实入主东宫，并改名赵曙（仁宗皇子均以日旁用字取名）。半年后，仁宗驾崩，赵曙登基，史称英宗。

皇权新旧交替，少不得一堆大事小情要处理。偏偏一件很不起眼的小事惹得大臣们在朝堂吵得不可开交，令英宗不胜其烦。

英宗赵曙要尊死去的生父濮安懿王赵允让为皇考，就是管他亲爹赵允让叫父皇，因为自己是皇帝了。范纯仁（范仲淹之子）、司马光等一帮台谏官员不干了，全跳出来替皇帝纠错："不对！官家（宋朝对皇帝的尊称）您应该叫濮安懿王为皇伯，叫先帝仁宗为皇考！"

皇帝还没搭茬儿，宰相韩琦、欧阳修等人却率先反驳："官家叫得对！哪有管亲爹叫大伯的！"

于是，皇伯派与皇考派在朝堂上展开激烈辩论。

皇考派站在皇帝一边，自然底气十足。才子欧阳修给出理由："从古至今，不论亲生父母还是养父母，都应该称父母。我从没听说过哪条礼仪制度规定，有了养父母，便要改口叫亲生父母为伯父、伯母的。"

他还引用了一句歌词："没有天哪有地？没有地哪有家？没有家哪有你？没有你哪有我？"

皇伯派那边也是义正词严。司马光认为："官家您是因为过继给仁宗皇帝，方才继承大统。既然您是皇帝了，便要以国家为重。您的皇考理应是先帝，濮安懿王只能变成您的伯父。"理学大师程颐更是抛出一句："国无二君，家无二尊。"这句话讲得很重，意思是，一个国家只可能有一个皇帝，一个家庭只可能有一个爹。既然仁宗是皇帝，濮安懿王赵允让又怎么能称皇帝呢？

面对欧阳修翻出的歌词，司马光笑了：这首歌后面还有几句，你怎么不唱，"假如你不曾养育我，给我温暖的生活；假如你不曾保护我，我的命运将会是什么？"

好家伙！皇考派站在人伦孝道的角度，力挺英宗必须叫生父作皇考；皇伯派则站在江山社稷的角度，力劝英宗改称生父作皇伯。

这件史称“濮议”的事件，整整吵了18个月。后来，仁宗的遗孀曹太后站到了皇考派一边，支持皇帝。皇伯派一气之下，纷纷递上辞职报告。皇考派一见：“吓唬谁呢？”也跟着提出辞呈。

这样一来，把焦头烂额的英宗皇帝弄得十分尴尬。吵架归吵架，活儿还得要大臣们来干，都撂挑子可不行。于是把皇伯派的主要人物外放各地做知州或通判。像司马光这样的重臣，则是驳回辞呈，继续留在朝中，一边干活一边吵架。

英宗皇帝决定改生父赵允让的濮安懿王为濮安懿皇。可是转过年来，他竟然一病不起，一命呜呼。

英宗在位不到4年，为亲爹打了一场旷日持久的名誉官司。虽然胜诉，却没赶上强制执行。白忙了。

“大礼议”：议不清就打屁屁

500多年后，31岁的明武宗朱厚照落水染病而亡。这个胡闹了16年的正德皇帝没留下一个子嗣。老太后和内阁首辅杨廷和在近支皇亲中搜索了一圈，选中了他父亲孝宗皇帝的四弟兴献王朱祐杬的独子朱厚熜。

新君继位，年号嘉靖，史称世宗皇帝。龙椅还没坐热，朱厚熜也遭遇了当年宋英宗赵曙一样的难题。杨廷和等一班老臣请他：称武宗的父亲孝宗朱祐樘为皇考，而改称他的生父兴献王朱祐杬为皇叔考兴献大王，改称生母为皇叔母兴国大妃。而对生父母，皇帝的自称得是侄皇帝。他们给出的历史援引，便是宋英宗赵曙的“濮议”事件——毕竟最后的结果是，英宗生父赵允让没能混到名誉皇帝的头衔。

尽管来自安陆（今湖北钟祥）这个小地方，尽管只有15岁，可是朱厚熜身上的轴劲儿却不是宋英宗赵曙能比的。势单力薄的世宗皇帝毫不畏惧，恨不得在额头系上一条红布，上书四个字：我是孝子！一人单挑一群维护所谓礼法的老臣。他先礼后兵，试图好言优抚内阁首辅杨廷和，以金银收买礼部尚书毛澄，两位老臣不为所动。

这时，嘉靖皇帝的救兵来了。

一个叫张璁的新科进士上疏支持皇帝，他提出“继统不继嗣（世宗是继承皇统，而不是皇嗣）”的观点，认为：宋英宗是在仁宗生前就已被养在宫中，并立为太子，所以改叫仁宗皇考是说得过去的；而当今圣上您则是在武宗皇帝驾崩后，直接来继承皇位的，您的皇考当然是兴献王，他老人家也应该改称兴献皇帝。

孤军奋战的嘉靖皇帝终于见到了同盟军，立即擢升张璁。

群臣说服不了皇帝，但是对付张璁这样的虾兵蟹将还是绰绰有余的。杨廷和设法把张璁打发到了南京做刑部主事（明朝是北京、南京两京制，南京也有一套完整的官僚机构，不过安排的都是有职无权的闲职人员）。在南京，张璁遇上了桂萼。这哥们儿远在南京，却心忧皇帝他爹的事儿，迅速与张璁结成同盟，共助皇帝争爹。

越来越多不知名的小官跳出来声援皇帝，朱厚熜的底气越来越足，把张璁、桂萼等人全部召回北京，替他骂战。

此时，皇帝与群臣的 PK 出现中场休息：皇帝坚决不叫亲爹做皇叔；群臣同意在湖北安陆建成的兴献帝显陵中，称朱祐杬为“本生兴献帝”（“本生”说明这是当今皇帝的亲爹，而孝宗也是当今皇帝的老子，等于说皇帝有俩爹）。

这年 7 月，嘉靖皇帝率先出击，去掉册文里关于他爹称呼中的“本生”二字，再次明确：我只有一个爹，是兴献帝朱祐杬。孝宗朱祐樘不是我爹！

朱厚熜低估了群臣的力量。

三朝老臣、内阁首辅杨廷和当场辞官，表达无声的抗议。而他的儿子——明朝三大才子之首的状元郎杨慎（就是写“滚滚长江东逝水”的那位）则同言官、六部九卿等 229 人在皇宫的左顺门外黑压压跪了一大片请愿，哭谏皇帝收回成命。

这帮人同样低估了嘉靖皇帝的力量。

面对群臣的非暴力不合作运动，朱厚熜直接叫锦衣卫抓人。一口气抓了为首的 8 个人，吓跑了 80 人。

可是杨慎没走，带着剩下的 140 多人继续“撼门大哭”，边哭边砸宫门。这动静绝对小不了，史书上称“声震阙庭”。碰到这帮滚刀肉，无奈的嘉靖皇帝只得让锦衣卫挨个抄名字，准备一一治罪。不料这帮人觉得这事是义举，主动上前拉着锦衣卫报名字，有的还把自己亲友的名字也写上，一抄抄了190多个名字。全给抓起来！

几天后处分下来了，四品以上的罚俸，五品以下的施以廷杖打屁股，一下打死17个，为首的充军。杨慎大才子则是先把屁股打烂再被充军云南。

余下的嘴仗后来又打了大半年，这场持续了三年的“大礼议”事件最终以嘉靖皇帝的胜利宣告结束：亲爹朱祐杬被尊为兴献皇帝，孝宗皇帝则被尊为皇伯考。一天皇帝没做过的朱祐杬拜儿子所赐，还得了个睿宗的庙号。

权力洗牌都是拿爹说事儿

机缘巧合，赵曙和朱厚熜这两个原本名不见经传的皇室旁支坐进了金銮殿，引发的一系列关于亲爹身份的争论，闹得沸沸扬扬。仔细想来，绝非一时心血来潮，也不是孝子心切这样简单。透过现象看本质，这其实是新皇帝上位后，进行权力洗牌的霹雳手段。

“濮议”中，范纯仁、司马光等台谏官员坚持要英宗赵曙尊仁宗为皇考，目的就是要英宗遵循仁宗定下的政治路线方针政策。英宗显然不愿如此，而是要自立门户。于是以尊生父为皇考之名，打出孝道的好牌，彻底与仁宗帝系划清界限。尽管英宗不寿，但是他的儿子神宗继位第二年便发动了熙宁变法，足见赵宋官家高层的路线矛盾异常严重。

而明朝的“大礼议”，更是嘉靖皇帝生抢皇权的现场直播。即便正德皇帝留下的不是一个烂摊子，从湖北安陆走进京城的“土”皇帝朱厚熜，也不愿亦步亦趋地跟在前人后面走老路。个性十足的嘉靖要开创属于自己的世系。吵得不可开交的“大礼议”正是新皇帝对官僚集团进行洗牌的最佳方式。杨廷和一派终于出局，张璁、桂萼这样的打手补位站台，嘉靖自己的官僚团队逐渐形成，名副其实的嘉靖时代到来了。

爸爸去哪儿了

明朝历史上有两次小宗入大宗的事件。一次是明初燕王朱棣篡了建文帝朱允炆的帝位，燕王一系进入皇家正统；再有一次，便是湖北安陆兴献王一系的朱厚熜入主大宝。

朱厚熜还真是孝子，既然替他爹争了个睿宗的庙号，就想把他爹的神位请进太庙。

这里先普及一下。太庙是天子的祠堂。历来规制都是七庙，即开国君主居中，左右各三庙，用来供奉后世有德的君主。朱元璋建立明朝后，只立一座太庙，中间设了九间寝殿。穷怕了的朱元璋还把他当乞丐的祖宗们都请进了太庙占位子。

这就出现一个问题。太庙只有九间寝殿，可死掉的皇帝越来越多，以后牌位往哪儿放？

古人有办法：牌位多了以后，把世系较远的神主，以及功德不足的神主迁出太庙，名曰“祧”。但有一条铁律，就是太祖、太宗这两位开国之初的君主神位是“百世不迁”，一直安放在太庙。

早在宪宗皇帝时，太庙里就已经没了空位。于是开始想着往外祧先祖，在太庙旁边建祧庙。

按理说，名誉皇帝兴献王朱祐杬沾儿子的光，能挤进祧庙就不错了。可是嘉靖皇帝却坚持要把他爹的神主请进太庙，那么把哪位列祖列宗祧出来呢？他盯住了太宗文皇帝朱棣。

因为在他看来，朱棣篡位打破了太子朱标一系的正统地位。他朱厚熜作为兴献王一系入主京城，也是打破了朱棣以来的皇位继承顺序。所以他要做的就是，把朱棣这一系从嫡系变成旁支侧系。

可是朱棣的庙号是太宗文皇帝，百世不迁啊！朱厚熜眉头一皱，计上心头。

中国古代君王的庙号有两种，祖和宗。所谓“祖有功，宗有德”，只有开国皇帝才能称太祖、高祖，后代的皇帝一般只有称宗的份儿。个别皇帝像清朝的康熙皇帝在任期内实在是功劳太大，“名曰守成，实为开拓”，这样才得了个圣祖的庙号。

太宗文皇帝朱棣在位 22 年，迁都北京，开创永乐盛世，又五征漠北，人称“成功骏烈”。那好，我就替你改个庙号：成祖，满足你想由宗升祖的心愿。腹黑的孙子朱厚熜变着法子把老祖宗朱棣移出了太庙。

嘉靖皇帝要把他爸的神位移入席位稀缺的太庙的做法太荒唐，大臣们坚决不同意。君臣讨价还价后，采取折中策略，在太庙旁又建了个祢庙（天子之父的庙）。而太庙里空出的那个神位呢，朱厚熜便给自己预留了。

生前竭力标榜根正苗红的朱棣怎么都没料到，100多年后的侄孙子朱厚熜轻轻一改，堂而皇之地把他挤出了太庙。朱棣以降，连同仁宗、宣宗、英宗、景帝、宪宗、孝宗、武宗一共七代君主前后御宇120年，却终究洗不脱鸠占鹊巢的老底。呵呵，这个笑话不是一般的冷。

这是报应吗？这是政治。

失败皇帝朱祁镇：我本善良

做好人容易，做好皇帝难——这句话用作明英宗朱祁镇的墓志铭，再恰当不过。

年少临朝、被俘番邦、兄弟争位、两朝天子……别说历代皇帝了，就是在普通人里，朱祁镇一波三折的人生经历也绝无仅有。

一

作为明朝第六位皇帝，朱祁镇的幼年是幸福的。经过了60余年的执政，如日中天的大明王朝正值“仁宣之治”的太平盛世。9岁那年，太子朱祁镇登基，太皇太后与5位先朝重臣尽心竭力辅佐他。7年后，老臣、老太后陆续离世，小朱皇帝开始独断乾纲。

朱祁镇人生里的第一个坏人——宦官王振，这时正式登台作怪。

朱祁镇的祖先朱元璋将专制主义中央集权制度推向了前所未有的高度，这就要求皇帝具备极高的政治素质，否则整个国家将无法控制。但现实中有几个皇帝是朱元璋那样的政治超人？而私心极重的朱家子孙又恪守祖训，对文武百官极不信任。无奈之下，只能求助身边的家奴——宦官。

对于朱祁镇这样一个长在深宫大内的幼稚少年而言，祖辈的荣光令他艳羡，做着英雄梦的他渴望自己也能如此。奸人王振曲意逢迎，投其所好，朱祁镇的悲剧人生大幕徐徐拉开。

有明一朝，北元的威胁始终存在。当初明成祖朱棣迁都北京，也是基于战略防御的考虑，希望能够天子守边，解决边患难题。但这位朱老四犯了和他爹一样的错误：你是马上皇帝，五征漠北，守边自然没有问题。但你的儿子孙子有你这样的"成功骏烈"吗？你定都北京简直就是将子孙放在了火药桶边上。

1449年，北元瓦剌部大举进犯，"太监王振劝上亲征"。天真的朱祁镇力排众议，跟着大忽悠王振，亲统拱卫京畿的20万明军主力（号称50万）招摇地去攻击瓦剌军队。一路上全军不是听从军令，而是由着王振的性子走走停停，毫无章法。大军绕了一大圈也没发现瓦剌军队的影子，又遇上大雨连绵，只好回撤。这时又接到命令，全军绕走河北蔚州。

原来，难得统率这么多人马的王振心血来潮，想玩一回衣锦还乡，在父老乡亲面前显摆一回。小人得志向来是瞻前顾后，走到半路他又改主意了，命令全军再次调转方向，原路返回。大战之际，如此来回折腾生生贻误了军机，明军在土木堡（今河北怀来县东）被两万多瓦剌骑兵主力追上。水源断绝，辎重还未跟上，慌乱中的明军伤亡过半。眼见精锐部队被混蛋太监拖成了任人宰割的羔羊，御前护卫将军樊忠义愤填膺，挥起铁锤把王振的脑袋砸了个稀巴烂。但是一切都迟了。23 岁的朱祁镇被俘，他的幸福生活从此结束，大明国运的下行通道也由此打开。

二

与北宋徽、钦二帝被俘身死的悲惨命运相反，身陷番营的朱祁镇因为待人和善、镇定自若，反倒赢得了瓦剌首领也先的以礼相待，还在蒙古拥有了一票铁杆粉丝。当俘虏能够当得让敌人对你毕恭毕敬，古往今来估计也就是朱祁镇有这能耐了。在漠北，瓦剌上下提起这位俘虏皇帝都格外尊敬。

奸佞这个物种历朝历代都不会缺失。朱祁镇沦落蒙古时，手下宦官里就出了个汉奸喜宁（这家伙是女真族，所以从严格意义上说，不能叫他汉奸）。所幸朱祁镇魅力大，一帮瓦剌粉丝护着皇帝，喜宁根本没机会陷害他。蒙古那帮大老粗将军们没有一个敢对朱祁镇吹胡子瞪眼的，也先的兄弟伯颜帖木儿更是把朱祁镇引为知己，甚至为了放朱祁镇回国的事跟哥哥也先拍了桌子。后来朱祁镇回朝时，这个伯颜帖木儿依依不舍地带人送出几十里地，整个一出“默默无语两眼泪，耳边响起驼铃声”。

真正给朱祁镇加分的，还是留守北京的御弟郕王朱祁钰及时登基，遥尊朱祁镇为太上皇，一连串应急处理使得朱祁镇在也先手中从奇货变成了空质。名臣于谦又指挥北京保卫战取得胜利。所以，被俘 13 个月后，朱祁镇竟然平安无恙地回家了。

殊不知，出了虎穴，回到弟弟景帝朱祁钰坐朝的故国，等待他的却是 7 年漫长的幽禁岁月。在这里，他尝尽世态炎凉。

同样是临危受命的代理皇帝，明景帝朱祁钰似乎比宋高宗赵构多了点人情味，至少没让哥哥客死番邦。但他又害怕哥哥抢他的皇位，于是直接把老哥软禁在了南宫。这里不仅侍卫稀少，连日常饮食都是通过一个小窗传递，有时还会断顿。为了糊口，朱祁镇的钱皇后不得不日夜赶制刺绣品，以换取必要的食品。那些年北京城的夏天也和现在一样酷热难耐，但南宫的大树却被尽数砍伐。理由很奇葩：景帝觉得“树木多，恐生叵测”，怕他哥爬树跑了——朱祁钰的心眼实在太小。

关于明景帝朱祁钰，历史学家吴晗、柏杨都有极高的评价，甚至认为他是明朝十六帝中最好的皇帝。对此，我不敢苟同。景帝的上位属偶然事件，而且他还是被硬推上台的。他被后世称道的北京保卫战，力挽狂澜、起关键作用的是于谦。至于景泰年间的执政，朱祁钰的个人作用同样有限。而对哥哥朱祁镇的处置，表明他的人品修为并不好，甚至还不及哥哥。

都是皇位惹的祸。朱祁镇、朱祁钰之间已经没有了兄弟亲情。当初危急之时，他不愿即位承担责任。北京保卫战胜利了，朱祁钰觉得这皇帝当得有点意思了，又害怕让位，于是一再拖延迎接哥哥南归的事情。不料哥哥还是回来了，便赶紧把人关到南宫，与世隔绝，生怕有人拿哥哥这个太上皇说事。朱祁镇身陷番邦，只想活着回到北京。不料回京后受到兄弟一系列的冷遇，他被深深刺痛了，他要收回当初“倘得归，愿为黔首，守祖宗陵墓足矣”的承诺，他必须夺回皇位，教训一下不懂事的弟弟。

该着朱祁镇命不当绝。景帝无后，又身染重病，于是朱祁镇生命中的另外几个坏人徐有贞、曹吉祥、石亨一齐蹦了出来。南宫复辟，朱祁镇如同坐过山车般，又被人从万丈深渊抬上了千山之巅。

三

这次复辟绝对是偶然事件。或者说，是朱祁镇修来的运气。之前景帝把朱祁镇的太子朱见深废为沂王，立自己的儿子为太子，不料这唯一的儿子夭折。关于景帝身后之事，朝中出现几派：于谦等人建议恢复沂王的太子位，让他日后继统；有人则说如果沂王不能恢复太子位，景帝身后应让英宗复位，石亨等人支持英宗复辟；还有王文等人提出立皇叔襄王朱瞻墡的世子为太子。

景帝迟迟不愿立哥哥朱祁镇的儿子为太子，而朱祁镇又没法公开去抢皇位。于是石亨、徐有贞等人把襄王世子当作垫背的，说迎立襄王世子的一派是逆臣阴谋，他们不得不请出英宗夺门应变。

一朝天子一朝臣，朱祁镇对徐、曹、石等人的拥立之功自然感激不尽，还以高官厚禄。无奈小人终究是小人，石亨、曹吉祥招权纳贿，徐有贞嫉贤妒能，朱祁镇对此忍无可忍。经过这么多的风波，成熟的他早已不是任人摆布的傀儡。几番博弈下来，一众奸贼该杀的杀，该流放的流放。

但是对于谦、王振二人的处理意见，让我们看到了朱祁镇的踌躇与天真。

因为冤杀于谦，所有人都认为朱祁镇对于谦有切齿仇恨，其实不然，于谦在英宗被俘前是兵部右侍郎（相当于国防部副部长），属高官序列。在英宗回朝前后，我们没有看到于谦唱过反调。朱祁镇被囚南宫7年，和于谦也没有任何交集。于谦被捕只有一个原因，那就是为人刚直不阿，至察无徒，得罪了太多小人。“夺门之变”后，于谦实在是冤枉，对于储君一事，他是观点鲜明地要立英宗儿子沂王，根本没提过要迎立襄王世子，却被和自己有过节的奸人徐有贞

1457年正月，明英宗朱祁镇复辟，一个月后，30岁的景泰皇帝朱祁钰病逝。复夺皇位的哥哥朱祁镇废除弟弟的帝号，命人捣毁了景泰帝生前营造的昌平陵寝，而以亲王礼将他草草葬在金山口（今北京海淀区玉泉山北麓）。朱祁钰成为明朝迁都北京后唯一没有入葬帝王陵寝的皇帝。尽管后世明朝皇帝恢复了朱祁钰的帝号，按帝陵规格修饰墓园，但景泰陵终究不及其他明皇陵显赫，直到1955年才被重新发现。

诬陷为和王文一党，而且用了“意欲”二字——简直与当年秦桧诬告岳飞的“莫须有”如出一辙。面对奸臣诬劾，于谦竟然说：“辩也死，不辩也死。朝廷赦得我，石亨诸人同意么？辩有何益？”他连一句申辩的话都没有，朱祁镇想给他台阶下都没有可能了。即便如此，朱祁镇还在犹豫：“于谦实有功。”不料坏人徐有贞又补了一句：“不杀于谦，此举（夺门之变）为无名。”彻底绝了英宗赦免于谦的念头。但要说内心的真实想法，朱祁镇对于谦是又恨又感激：恨的是，于谦紧急拥立景帝上台，强硬对抗瓦剌，置朱祁镇的生死于不顾；感激的是，正是于谦力挽狂澜，才保住大明江山，才使他还能活着回到北京。但是政治斗争就是这样残酷，于谦固执地站在景帝那边，于是自己只能昧着良心愧对于谦了。所以，他唯一能做的是将于谦的处置由凌迟改为斩首。至于平反于谦，留给后代皇帝去办了。

英宗复辟后，派人将发配到辽东的死太监王振的家属放回京师。还恢复了王振之前的官号，又用香木刻了一个酷似王振的木头人，供在寺庙内，并为其立旌忠祠。如此令人费解的举动，大约只有他自己明白。在朱祁镇心中，王振是教他的启蒙老师，是扶他登上皇位的先生。在他单纯的意识里，王振不是奸臣，只是个能力有限的太监。土木堡之变实属他朱祁镇时运不济，王振不能负主要责任。更何况王振已经死于乱军，为他“尽忠”了。

这个朱祁镇单纯到懦弱，天真到不智，我不忍心批评他了。

四

两世为人的朱祁镇深知大位来之不易，更晓得“人间万苦人最苦”的深刻含义。复辟之后，政治上他无法再现父辈的“仁宣之治”，但在具体事务上他尽施仁德，不仅宽容对待弟弟景帝的家人，还偿还了太爷爷明成祖朱棣的一桩公案。当初朱棣发动靖难之役夺了天下，建文帝朱允炆不知所终，他两岁的儿子朱文圭被幽禁于中都凤阳，历经五朝50余年。朱祁镇感慨此举“于亲亲之义，实所不忍”，于是释放了朱文圭等人。可怜58岁的朱文圭因长期与世隔绝，出来后竟然连牛马都不认识，过不多久便去世了。

此外，朱祁镇还推出了可能是世界上最早的国家养老福利政策——优老之政。规定：全国70岁以上的老人，政府每年发放钱粮绢帛，90岁以上的老人加倍供给；70岁以上的老人，允许留一个男丁侍养，免去杂泛差役，无男丁的，政府加存恤，确保老人老有所依；65岁以上的老人，可免服官府差役……尽管实际能够享受这些福利的老人少之又少。

而朱祁镇最为后人称道的，则是临终前废除了宫妃殉葬的陋习：“用人殉葬，吾不忍也，此事宜自我止，后世勿复为。”

史家称赞他的这几项德政：“盛德之事，可法后世。”

1464年，命运多舛的朱祁镇驾崩，谥号睿，庙号英宗。而后世有史家将其列入《昏君传》——朱祁镇究竟是好人，还是坏人？

总体而言，朱祁镇是个好人，或者更准确地说是老好人。除去夺门之变时出于政治目的杀掉于谦外，他几乎没有滥杀无辜。受过良好儒家教育的他宅心仁厚，对人慈善（这一点他不像朱家子孙，倒很像赵宋皇家的亲戚）。他的宽厚让他在瓦剌营中得到了敌人的尊重，也让众多奸佞在他的治下为所欲为。

但他的职业是皇帝，老好人在职场注定是要失败的。大明江山在朱祁镇手上由盛转衰，他必须为自己的庸碌和错用奸佞负责。尽管天顺年间他痛改前非，广施仁政，但王朝的春天已被他挥霍殆尽，悔之晚矣。他大起大落的人生充满传奇，对个人而言这是财富；对王朝而言，只能说让朱祁镇做皇帝，是老天的一个错误安排。

千万别惹小皇帝

属猪的蜀汉后主刘禅肯定没想到，他身后的 1563 年同样是猪年，他的千古知己朱翊钧诞生，随后演绎了一出比他更加癫狂的少年天子叛逆秀。

一

蜀汉昭烈皇帝刘备有 3 个儿子，长子刘禅（小名阿斗），次子鲁王刘永，三子梁王刘理。受《三国演义》的影响，我们一直认为阿斗是个智力低下的孩子，所以大家对刘备立阿斗为嗣颇多微词。其实不然。如果阿斗真的是弱智，刘备还有老二、老三可以替换。

公元 234 年，诸葛亮去世，按照他的遗愿被葬在陕西汉中勉县，29 年后，皇帝刘禅下旨隔汉江建武侯祠。尽管全国多地建有武侯祠，但定军山下的武侯祠不仅是“官祠”，并且修建时间最早，所以被誉为“天下第一武侯祠”。

我们来看两件事：公元 234 年，诸葛亮病逝。各地军民纷纷要求在成都为已故丞相立庙，却没有得到皇帝刘禅的批准。经过多次争取，皇帝勉强同意在遥远的定军山诸葛亮墓前立庙。同时规定，所有军民不得私祭丞相，遇上年节要祭祀的，必须结队前往定军山。

同时，阿斗皇帝废除了丞相，任命诸葛亮的接班人蒋琬为尚书令，“总统国事”；随后改任蒋琬为大司马，录尚书事；同时任命尚书令费祎为大将军，也录尚书事。蒋琬主管行政，兼管军事；费祎主管军事，兼管行政。两人权力交叉，相互制衡。

我们不难看出，刘禅对诸葛亮是不喜欢的，他不愿诸葛亮的威望在死后继续发酵；刘禅更害怕诸葛亮这样的权臣再次出现，于是迅速瓜分了相权——阿斗厉害啊，1100 年后朱元璋才想到这一招。

二

堪称君臣典范的刘禅和诸葛亮之间，究竟有怎样不为人知的矛盾？

17 岁的阿斗接手蜀汉政权时，“今天下三分，益州疲敝，此诚危急存亡之秋也”——整个一个尖峰时刻。但是他身边有政治超人诸葛亮，相父大人替他搞定了一切军国大事。在安享太平的同时，他基本也成了政治摆设。诸葛亮替他治理国家，也像父亲一样管教他。诸葛亮辅政的 12

年间，阿斗竟然没出过一次成都，没有主动下达过一次政令。直到诸葛丞相死了一年多以后，阿斗才出宫去了趟都江堰。而那篇 700 余字的千古雄文《出师表》里，提到“先帝”的有 13 处之多，让阿斗宜怎么样、不宜怎么样的语句比比皆是。一个 20 岁上下的少年天子面对这样教训的口吻，自然会非常反感。

基于此，刘禅在诸葛亮死后，控制了军民对他的纪念规模。更重要的一点，废除丞相制，彻底分解了相权。由此我们还能看出，办事果断的刘禅并不是扶不起的阿斗。而后来面对曹魏大军兵临城下，采纳光禄大夫谯周的建议，不战而降的做法，倒让我们看出刘禅面对危机审时度势的周全。他很清楚蜀汉的家底，厌倦了诸葛亮的穷兵黩武，比起老丞相“知其不可而为之”的勇毅与固执，刘禅的投降对 90 余万蜀中百姓而言，可能更有现实意义。至于大家都熟悉的“乐不思蜀”的成语故事，我更觉得是刘禅在强敌司马昭面前揣着明白装糊涂保护自己的高明之举。

三

刘禅是郁闷的，但他基本属于温和派。他的王国弱小，也容不得他撒泼使性子。可是后辈明神宗万历皇帝朱翊钧却将一个少年的怨怒发挥到了极致，最终掀翻了一个王朝。

刘禅头上有一个相父，万历皇帝头上却有 3 个人管着：母亲李太后、大学士张居正、大伴太监冯保。家教是太后管，工作学习归张居正控制，日常生活由冯保监督，这个铁三角简直成了9岁小皇帝挣脱不掉的紧箍咒。

万历皇帝接受的是正统刻板的教育，聪明顽皮的他极力克制着内心的躁动。因为有张先生这样的文臣楷模在身旁，他咬牙立志要做克己复礼的一代明君。10年后，正值壮年的张居正突然病逝。关于老张的各种面纱也一一揭开，万历皇帝大惊失色：飞扬跋扈、贪污腐化、党同伐异、生活糜烂——他心目中的政治偶像竟然被颠覆成祸害王朝的大老虎了！

19岁的朱翊钧同学被眼前残酷的现实彻底惊呆了！原来什么都是假的，原来什么都是欺世盗名的鬼话，去他的仁义道德！小朱皇帝终于可以出一口郁积胸中多年的恶气了，组织人来清算张居正的问题，削夺张居正的一切封号，抄了老张家，张家大儿子上吊，十余口饿死；彻底把老张打倒在地，还踏上一脚了；接着把老妈打发回后宫，又找个借口抄了太监冯保的家，把他踢到遥远的南京。

终于亲政的朱翊钧雄心勃勃："离了你老张头，我照样可以成就一个盛世！"他运筹帷幄，陆续平定宁夏蒙古哱拜之乱、播州土司杨应龙之乱，打赢抗倭援朝战争，史称"万历三大征"，成为有明一朝不多见的赫赫武功。

四

可惜好景不长，万历皇帝摊上了拉链门事件：18岁的一天，他进宫给李太后请安，只是不小心瞄了一眼旁边端茶的宫女，突然觉得这个姐姐咋那么好看，一下子有了性冲动，于是躲在小屋子里临幸了这个宫女。事情完了，万历提裤子走人，也不记得这档子事了。谁料想，十个月后这宫女竟然生下了他的长子。一般来说皇家肯定会隐瞒掉这个孩子。偏偏李太后当年也是一个普通宫女，被皇帝无意临幸才有了朱翊钧。什么样的爹就有什么样的儿子。所以，老太后坚持要生下这个孩子，并承认他的长子地位。万历这回傻了，他压根就对这名宫女没感情。不久，他有了真正喜欢的人——郑贵妃。这女人又漂亮又厉害，也替他生了个儿子。于是他想立郑贵妃的儿子为太子。因为皇后没有生育，未来皇后一死，他就可以借太子之名升郑贵妃为皇后。

年轻的万历不知道，他想“废长立幼”的想法触及了大明王朝最最要命的“国本问题”。这是这帮大臣万万不能接受的。当初他爷爷嘉靖皇帝因为“大议礼”事件，也和大臣们争执不下，情急之下在殿外设立廷杖大打出手。可是这帮大臣铁了心要抗争到底，宁可屁股被打烂，原则问题绝不让步。如今朱翊钧也遭遇了爷爷同样的尴尬。

性格决定命运。受压抑多年的万历皇帝不会轻易放弃自己的想法，他决定软着陆：你们这帮官僚哪能理解我家的事情！你们不是不答应我废长立幼吗？我惹不起但躲得起。朕不跟你们玩了！自万历十五年（1587）起，他不再上朝，改为“静摄”，即转入幕后遥控指挥朝政。

没承想，这一次小小的赌气，因为君臣之间互不相让，久而久之演变成长达数十年的较劲，渐渐耗光了万历朝前15年好不容易为这个老大帝国注入的一点点精气神，加速了王朝衰落的自由落体运动，57年后明朝灭亡。后人评价：明实亡于万历。

对于阿斗和万历，我不知道是该同情多一些，还是怨恨多一些。人治的政治制度给他们的幼年附加了过重的政治期许，使他们无法承受这非同寻常的生命之重。相反，十多年权臣的压制与标榜给他们起到的并不是示范作用，而是逆反作用。于是亲政后（特别是曾经的权臣形象被颠覆后），他们有一种强烈的报复性批判心理，对臣下、对王朝，他们不断否定。

或许这就是一个王朝的宿命。但是就生命个体而言，我同情他们两位。莫欺少年穷，别惹小皇帝。

辑五　江湖之远

疯狂的不是玉石，是权力。

完颜亮很嚣张，没想到在采石矶翻了船。

朱元璋很任性，小县城凤阳的心里苦啊。

与里外不是人的尴尬相比，自卑才是叛将不得不饮下的心灵鸩酒。

戟的演义传说很拉风，执戟的将军很落寞。

朋友圈里都爱说“相忘于江湖”。真到了江河横溢之际，或为鱼鳖的张三李四又有几个能想起庄子的《大宗师》。

当我们或称颂或唏嘘大人物的成败得失之时，总会有意无意地忽略了小人物的存在价值。幸好造化弄人。关乎生死存亡的一些紧要关头，临门一脚这样的好球或者火上浇油这样的臭棋常常是由一文不名的小人物来完成。在大人物把持的历史舞台上，小人物的一颦一笑或许更真实、更可亲。

传国玉玺：一块被疯狂的石头

这本是一块包藏美玉的石头，却意外成为象征帝国最高权力的印玺，随后的千余年间，玉石颠沛流离，奇遇不断。

从荆山玉到金镶玉玺

《韩非子·和氏》记载，春秋年间，一块璞玉在荆山被卞和发现。激动的他把璞玉献给楚王。不料连续两代楚王的玉石鉴定师都说这是一块普通的石头，于是卞和的两只脚都因为忽悠大王罪被砍掉了。卞和很轴，一个人在荆山下抱着这块璞玉整日痛哭。这时的楚国已经是楚文王当政。听说此事，他让人把卞和的这块璞玉剖开，果真发现了一块完美无瑕的宝玉。锲而不舍的卞和终于用数十年的时间和两只脚的代价，换来了一块美玉的横空出世。此玉得名“和氏璧”，同时也留下来一句俗语：有眼不识荆山玉。

到了战国，后世的楚王将和氏璧赐给有功的相国昭阳。这位相国得了美玉很嘚瑟，在家里大摆宴会，请大家来赏玉。结果人多手杂，玉丢了。当时在场的人都怀疑是一个叫张仪的小人物行窃。此人被暴打一顿后，负气出走。他后来得到秦王赏识，在合纵连横的国际局势中巧舌如簧，狠狠涮了楚国一把。

多年之后，那块丢了的和氏璧在赵国出现，被一个宦官购得。经玉工鉴定，确认就是当年的无价之宝和氏璧。消息一出，赵惠文王直接耍了流氓，据为己有。当然，还有比他更流氓的。秦昭襄王写信给他，说要用秦国的十五城换和氏璧。所有人都知道秦王想干啥，但慑于秦国的威势，赵王只得派蔺相如前往。于是就有了著名的“完璧归赵”的故事。

秦国最终灭了赵国，和氏璧也摆上了秦王的案头。秦始皇统一全国后，命玉工将和氏璧雕刻成皇帝的公务印章一枚。作为秦朝著名书法家，丞相李斯用虫鸟篆书在印面写了八个大字：受命于天，既寿永昌。虫鸟篆书是先秦特有的一种美术字体，将鸟形与文字融为一体，属于金文。可惜咱们现在看上去，就是一堆小鸟，完全认不出是什么字了。

自此，玉石与帝国的政治命运紧紧联系在了一起，并有了个专属名字：玉玺。

据说，天子日常的印玺有六枚，所谓六玺：皇帝之玺、皇帝行玺、皇帝信玺、天子之玺、天子行玺和天子信玺。而这枚由和氏璧雕刻成的玉玺是传国玉玺，象征王朝正统和皇权天授，最为珍贵。

秦始皇希望秦朝永昌，可短短15年便亡国了。刘邦进入咸阳之际，秦王子婴将玉玺献给刘邦。4年后，刘邦战胜项羽，建立汉朝。这枚传国玉玺似乎印证了汉承秦祚的合法性。

到了西汉末年，外戚专权。龙椅上的孺子婴年仅4岁，传国玉玺由太皇太后王政君保管。王莽篡位成功，派人进宫索要玉玺，老太后大骂侄子王莽不忠不孝，却对逼宫行为无能为力，于是狠命将玉玺投掷于地。要知道这可不是普通的玻璃摆设，而是一块顽石美玉，所以只磕坏了玉玺的一个角。王莽拾起玉玺，命工匠用黄金镶在缺角处，照样使用，于是国宝又被称为“金镶玉玺”。而那句俗语“有眼不识荆山玉”也逐渐被讹传成了“有眼不识金镶玉”。

从汉到唐，争抢不断

王莽的新朝也只存活了15年，传国玉玺被乱军献给了更始帝刘玄。3年后，刘玄被赤眉军所杀，传国玉玺又转到新君刘盆子手中。不久，刘盆子败于光武帝刘秀，老老实实奉上传国玉玺。直到这时，玉玺才能结束漂泊，在洛阳皇宫里消停地待上百余年。

林俊杰在一首歌里唱过："东汉末年分三国，烽火连天不休。"确实，汉末三国年间，玉玺也被折腾得鸡飞狗跳。十常侍乱政，袁绍等人进宫诛杀宦官，掌管玉玺的宦官于慌乱逃窜中将玉玺投入甄官井。之后董卓进京，十八路诸侯讨董卓，江东的猛男孙坚带兵攻入洛阳，就驻扎在城南甄官井旁。每天早晨这口井里都会冒出五色蒸气，众人觉得惊奇。孙坚于是派人探井，结果捞上来的正是这枚金镶玉玺。

孙坚很激动，立即将这枚国宝交给老婆保管。他的小心思，大家都能猜到。可惜孙坚没这个福分，在荆州死于军阀黄祖之手。而另一个军阀袁术听说此事，把孙坚老婆抓了起来，抢到玉玺，急吼吼地做皇帝，结果被人家给灭了，玉玺被送到许昌，交给汉献帝。

220年，曹丕逼汉献帝禅位。为了显示自己不是篡位，命人在玉玺上又添了几个字"大魏受汉传国玺"。这行"此地无银三百两"的刻字真如恶俗的文身一般，令国宝身价大跌。

香港黑帮片里常说一句话："出来混，迟早要还的。"45年后，曹家天下又被司马家给篡了，玉玺归了西晋。

又过了46年，五胡入华，前赵灭西晋，玉玺归了前赵。

19年后，后赵灭前赵，羯族皇帝石勒得到玉玺。这哥们儿一看玉玺印面有字，肩部有字，那我也来"到此一游"吧，让人在右侧添上四个字："天命石氏"——这帮所谓政治强人在玉玺上留言的土豪气越来越重。

接下来的 20 余年，五胡十六国一通混战，玉玺莫名其妙地又回到了江南的东晋皇宫。

还是江南安心。历经宋、齐、梁、陈四朝，玉玺传到了隋朝。618 年，隋炀帝命丧江都，萧皇后带着玉玺一路颠簸又北漂到了突厥。

唐太宗李世民得了隋朝的天下，却没得到隋朝的传国玉玺，很郁闷，便命人做了一堆山寨版的玉玺，留着自己玩儿。不久，名将李靖在阴山大破东突厥，成为俘虏的萧皇后带着传国玉玺随李靖返回中原。

此后 200 余年，算是传国玉玺最安生的日子。

907 年，后梁的朱温灭唐，玉玺再次卷入乱世。16 年后，后唐灭后梁，玉玺归了后唐。万没想到，玉玺的日子已经进入倒计时。

936 年，后唐的军阀石敬瑭引契丹兵攻入洛阳，后唐末帝李从珂抱着传国玉玺和一帮后妃在宫中自焚。玉玺的结局应了那个成语——玉石俱焚。

此后关于玉玺的所有传闻均属杜撰捏造，所有关于玉玺的实物及影像均系山寨。

山寨货更疯狂

五代时中原最后一个政权后周的太祖郭威觉得，没有传国玉玺实在证明不了自己皇位的正统，所以他也叫人刻了两方玉玺。别看是后周版的，宋太祖赵匡胤“陈桥兵变”后，却当作宝贝一直传了下去。

哥已不在江湖，可江湖上关于哥的传说却从来没有中断。辽圣宗时，有人在草原上发现了传国玉玺。辽圣宗大喜：这说明我的皇位比南边的宋朝正统！这哥们儿一激动，还写了首诗：

一时制美宝，千载助兴王。
中原既失守，此宝归北方。
子孙宜慎守，世业当永昌。

虽然文字一般，属打油诗水平，但辽圣宗对传国玉玺的重视程度可见一斑。

辽朝还在这儿激动，宋朝那边也说有了玉玺的消息。宋哲宗时，有个洛阳附近的农夫在耕田犁地时用锄头翻出了玉玺一枚。送到朝廷，经过10多位大学士们的考证，确认这就是后唐末帝自焚时的那枚传国玉玺。当然，还有很多大臣对此表示怀疑。不管大臣信不信，反正皇帝是相信了。至少宋朝有了和辽朝PK皇位正统性的资本了。宋徽宗时，这位艺术家皇帝可能出于对篆刻的爱好，命人刻了十方玉玺。连同之前后周的两方玉玺，宋徽宗案头的玉玺超过一打，跟象棋棋子一样。

宋和辽在这儿为谁得到了传国玉玺打嘴仗，更凶悍的金朝才不管你什么国宝。女真人的快马弯刀如霹雳旋风由北向南，把辽和宋一锅烩了。至于那些正版的、盗版的玉玺，人家照单全收，权当玩意儿。

后来横扫欧亚大陆的蒙古人比女真人还粗鲁，把这些收缴来的各朝玉玺集中起来，让人用锉刀把印文磨平，然后分给王公大臣，大家拿回家自己刻私章玩儿。所以大家猜测，如果真玉玺在其中，那基本也被人改成私章了。

1368 年，明太祖朱元璋的大将徐达攻克元大都后，继续远征漠北，其中一个目的就是抢夺元朝的传国玉玺，包括后来的李文忠、蓝玉、朱棣等人的北伐，都有抢夺传国玉玺的任务，但那枚传国玉玺始终不见踪迹。

明弘治年间，有人说在陕西的一条泥河里发现了传国玉玺，陕西地方官忙不迭地送到朝廷。孝宗皇帝不是好忽悠的，人家只是一笑了之。这帮投机分子的升官发财梦落空。

而在蒙古大漠，却又有牧羊人在地里发现了一枚玉玺，他把玉玺献给了漠北蒙古部落的元顺帝后代。而漠南蒙古察哈尔部的林丹汗听说此事，立即带兵来抢。这位成吉思汗黄金家族的后人觉得这是天命所归，祖宗是要他来恢复蒙古昔日的荣光。

志大才疏的林丹汗没有等来祖宗的护佑，却遇上了后金八旗的虎狼之师。多尔衮率军征服察哈尔部，林丹汗不得不献上所谓“传国玉玺”。后金皇帝皇太极激动地接过玉玺一看，上书四个字：制诰之宝。他当时就晕了，这根本不是秦始皇传下来的那枚正版传国玉玺。没文化真可怕！

这帮不学无术的蒙古鞑子，捡了块普通的玉石就当宝贝，两个部落为此还打成了猪头！但是为了显示自己得位之正，皇太极还是对外宣称，他得到了流传千年的传国玉玺！并改国号为大清，改年号为崇德。

1912 年，末代皇帝溥仪退位，随身带走的便是那枚写有“制诰之宝”的玉玺。此后他辗转东北、苏联，这枚玉玺始终随身携带。直到新中国成立后接受战犯劳动改造，他才交出这枚玉玺。

两千多年了，关于传国玉玺的故事在抢夺、山寨、谎言、争辩的反复上演中折腾完了，读来颇有些无聊。原本一块具有收藏和艺术价值的美玉，因为沾上了政治，便化身权力的代言，深陷帝国高层斗争的旋涡，于明争暗斗尔虞我诈间起起落落。小小的玉石承担不起帝国王朝的千钧重担，接受不了煞有介事的表演作秀，更不能无视自欺欺人的信誓旦旦。

放了它吧！它不要做所谓的国宝。它只是一块玉石，或者说，只是一块不想被疯狂的石头。

采石矶的勇气

这是一片长江边的石滩，名曰“采石矶”，与南京燕子矶、岳阳城陵矶并称“长江三大名矶”。除了诗仙李白留下的众多佳作外，我更喜欢发生在这里的那个关于勇气的故事。

一

公元1161年，金国皇帝完颜亮率领60万大军，兵分四路直扑南宋。完颜亮自统东路大军从寿春（今安徽寿县）渡过淮河，一连拿下庐州（今安徽合肥）、和州（今安徽和县）。此时的长江南岸，宋军士气低落，心理防线基本崩溃，而长江北岸，数十万金军集结，旌旗招展，遮天蔽日。金军气势汹汹，完颜亮真的胜券在握吗？不尽然。

原来，完颜亮属于篡位称帝，强行通过武力杀戮完颜宗室，朝廷上下多有不满，为了转移矛盾焦点才发动了侵宋战争。他出师不久，金太祖完颜阿骨打的孙子完颜雍便夺取政权，自立皇帝。历数完颜亮的数十条罪状，宣布废完颜亮为庶人，降为海陵郡王。这边完颜亮还在挥师猛进，那边已经有老家的小道消息在军营里传播了。完颜亮故作镇定，毕竟他手上还有几十万大军。他决定先灭宋，再回师夺皇位。

于是，宋与金的战争，成了意志力的比拼，看谁能撑得住，先倒下的那个，便是输家。

二

天不灭宋，来了 51 岁的文官虞允文。

他是四川仁寿（今四川眉州市仁寿县）人。两宋 320 年间，四川眉州就出了两位名人，一个是文化全才苏轼，一个便是虞允文。虞允文天资聪颖，7 岁就能提笔作文。但是因为母亲病逝、父亲多病，孝顺的他直到 44 岁才参加科举考中进士，步入仕途。虞允文虽为文官，但十分重视边防武备，曾上书朝廷建议加强淮西地区的防御部署，可惜没人理睬。这次金军入侵路线证明，虞允文的判断是正确的。

此时的虞允文身为中书舍人，高宗皇帝任命他为江淮军马府参谋军事，去采石矶前线犒师。老虞带着物资来到前线一看，新任前敌总指挥李显忠将军还在由池州赶来的途中，万余名从和州等地败退下来的宋军士气低落，三三两两聚在一起，如同一盘散沙。一打听，竟然报出十多个番号。好容易遇上两个将校时俊、盛新，虞允文叫他们赶紧把其他将校全部叫到大帐开会。

大帐之内，面对精神疲惫、一脸疑惑的将校们，虞允文决定先稳住军心："我是朝廷派来前线犒师的督战官虞允文。新任前敌总指挥李显忠将军的大部队随后就到！"李显忠是当时南宋为数不多的曾和金军单挑过的名将，所以全场闻之一振。虞允文正言道："危及社稷，吾将安避至？今日事有进无退，与其坐以待毙，不如战死沙场！"老虞的意思是，若金军渡江成功，我们能逃往哪里？现在我军控制大江，若凭借长江天险，为何不能死里求生？朝廷养兵30年，列位将军为什么不能以死报效国家！老虞一通慷慨陈词，强大的气场深深感染了在场的每一个军人。随后他又冲南抱万拱手："官家（皇帝）这次叫我带来内帑金帛，还有一沓空白委任状。只要各位有功，立马赏银封官！"有精神鼓励，又有银子官职，这帮将校都跟打了鸡血一般，闻言皆拜："今即有主事，我们愿为虞舍人一战！"当晚，虞允文的军帐灯火未灭。他和将校们彻夜谋划，他们坚信：历史即将改写！

三

1161年11月8日，长江采石矶段，中国历史上又一场以少对多（1.8万宋军对阵15万金军）的战役打响。

完颜亮的船队顺风渡江，一路没有遇到宋军阻击。接近东岸时，突然号炮连天，滩头闪出大队宋军，军容整齐。这是进军淮西以来，金军从未遇到的情形。为首的金将想要回撤，不料船被大风阻隔。前面的70余只战船只好硬着头皮准备靠岸。由于这些大战船底部宽平，行动不便，在江面上晃来晃去，无法前行。只有部分靠岸的金兵开始登陆。

交战多年，败多胜少的宋军有着严重的恐金症。眼看金兵就到眼前，宋军将士却都拿着刀枪在那儿发怵。虞允文见状连忙一拍时俊的后背："你素称忠勇，此时立在阵后做甚？敌人冲上来了，你怎么像个胆小的女人！你如果奋勇杀敌，我今天就认你做干儿子！"解释一下，宋朝重文抑武，文臣地位极高。特别是虞允文这样的名士，能给时俊之流的小武官当干爹，这是时俊的荣幸。

为了高官厚禄，为了认个干爹，时俊血往上涌，抽出双刀，冲入阵群，一通猛砍。当兵的一看，时老爷都拼了，咱们也上吧！一番冲杀，登陆的金兵被全部消灭。

此时，江面风力渐弱。南宋水军开始反攻。针对金军的大战船，虞允文派出的是海鳅小船，将金军船队拦腰截断。更让金军船队吃惊的是，宋军船上还配备了这次虞允文犒师带来的秘密武器——霹雳炮。

这或许就是世界上最早的火箭了。早在唐末，火药就开始在战场上出现。两宋时期，火药已经被广泛用于新武器的研发。当时威力无比的霹雳炮，现在咱们看来，不过是特大号的二踢脚鞭炮。底部装满粉状火药，顶部装入生石灰，点燃引信，升天爆炸裂开，引燃目标。

这边金军战船上的弓箭手还在拈弓搭箭找目标，那边宋军船上已经是霹雳炮齐发，一枚枚闪着红光、冒着黑烟的大个儿“二踢脚”飞向金军战船。落到船上立即爆炸起火，前头的生石灰喷出来，呛得金兵睁不开眼、喘不过气，哪还有战斗力。烟熏火燎之际，金国人不得不承认，科技是第一生产力。先进的武器绝对抵过千军万马。论智力，看似柔弱的汉人绝对比傻大黑粗的女真人够用！

天色将晚，江岸上聚满了前来观战的周边百姓。与其说他们在为宋军助威呐喊，不如说他们是在欣赏一场酣畅淋漓、大快人心的烟花盛宴。虞允文又调集一支人马从山后到江边往返运动，充作疑兵。十余里的长江南岸，战鼓震天，人声如潮，惊魂未定的完颜亮已经彻底晕了。他错误地判定，宋军的援军到了，只得命令剩余船只撤兵。

四

初战告捷，虞允文并不激动。他连夜部署，将战船秘驶至杨林河口，封锁金军出入的水道，另派一队海鳅船停泊于杨林河口上游。他要彻底把完颜亮揍趴下！

翌日，完颜亮卷土重来。刚到杨林河口，列阵守候的宋军船上的霹雳炮再度发威。昨天金军的70艘战船被烧得所剩无几，今天还来不及给船只配备防火装置，剩下的300余艘战船瞬间又燃成火海。受不了火烧的士兵，只能跳船，而会水的金兵又不多，结果烧死、淹死无数。此一役，金军在淮西方面的主力基本被消灭。完颜亮新败，退至和州，只求速战的他准备向东选择瓜洲（今江苏扬州市瓜州镇）渡江。

此时，传说中的李显忠将军终于赶到前线。得知战况，李显忠对眼前的文官虞允文佩服得五体投地。虞允文向李显忠提出："京口我军兵少，请将军分我部分兵力，我前往增援。"李显忠当即拨出 1.6 万名兵士和部分战船由虞允文调动。

在京口，虞允文再布疑兵之阵，弄得完颜亮晕头转向。内外交困中，完颜亮的蛮劲上来了，严令强行渡江，退后者格杀勿论。手下将领怨言极大："进攻则被宋军杀死，后退将被完颜亮杀死。不如杀完颜亮与南宋讲和，然后各自回家，这是唯一的生路。"次日黎明，军官们攻击御帐，射杀了完颜亮，之后退兵 30 里，遣使与南宋议和。

自从岳飞死后，宋高宗赵构就没有这样扬眉吐气地抬头和金人议和过。岁币也由原来的 50 万减到 40 万。之前宋朝是向金国称臣的，现在只用称侄儿了，也就是 54 岁的赵构得冲 38 岁的金世宗完颜雍喊叔叔。反正丢人是丢赵构的人，整个南宋不用再低三下四了。

五

采石矶之战中，宋军的胜利更像是虞允文一个人的胜利。疾风知劲草，板荡识诚臣。谁说书生百无一用？大宋养士 200 年了，家国责任早已深入每一个读书人的骨髓。读书明理的书生虞允文临危不惧，凭一己之力，感染了众将，激励了全军，挽救了社稷。他的勇气源于他的见识，他的见识基于他生活的时代。两宋之交的动荡磨炼了虞，家国天下的命题也拷问了虞，兵临城下的危局更成就了虞。

采石矶大捷一年后，虞允文被任命为川陕宣谕使，经略四川。7 年后，虞允文入阁拜相，终成孝宗朝一代名臣。

今天，当人们谈及采石矶畔李白捞月的飘逸之时，我总会想起虞允文在军帐内的铿锵言语："危及社稷，吾将安避至？今日事有进无退，与其坐以待毙，不如战死沙场！"

那一刻，勇气很奢侈。

大明中都纪事

定都一事和储君之事一样，是朱元璋到死都放不下的心结。

早在 1355 年，有谋士就建议当时的吴王朱元璋，集庆（今江苏南京）虎踞龙盘，“据形势以临四方”，又是六朝故都，应当先取此地定都。次年，朱元璋占领集庆，改名应天府，谋臣策士一致主张定都于此。朱元璋没有说话，似乎默许了。但是心中又有一丝隐忧：看一看定都应天的这些王朝吧——东吴、东晋、南北朝时的宋、齐、梁、陈——全是短命王朝。我的王朝如果定都于此，会不会也有这样的宿命？

一

全国形势一片大好，称帝建国只是时间问题，都城必须得确定了。于是，1366 年开始扩建应天旧城。就在这一年的四月初九，大将徐达攻克朱元璋的家乡濠州（今安徽凤阳）。异常兴奋的朱元璋屈指一算：投军后离开家乡已经 12 年了！4 天后，老朱便带着大队人马衣锦还乡。

相比 21 年前安葬父母的草率和凄凉，这次的回乡祭奠可谓风光无限。在家乡盘桓了 12 天，朱元璋有恩报恩，置酒招待当年接济他的乡亲。临走时，朱元璋留下一句灰太狼式的承诺："两三年后，我一定会回来的！"

两年后的 1368 年正月初四，朱元璋在应天府称帝。都城问题，他仍在考虑中：北宋的都城汴梁（今河南开封）？漕运方便，但是无险可守，四面受敌；汉唐的都城长安、洛阳？多年征战，毁坏严重，重新建都的人力、物力太大，且国家经济重心已经由黄河流域向长江流域南移；元大都（今北京）？蒙古鞑子的宫殿汉人皇帝住进去的话还得大改，提倡节俭的朱元璋觉得还是省省吧。考虑再三，朱元璋决定模仿古代两京之制，暂时以应天为南京，开封为北京。

同时，老朱突发奇想：要不去我老家定都呢？他有他的理由："临濠（濠州）则前（长）江后淮（水），以险可恃，以水可漕"，是个建都的好地方。他觉得当初他跟乡亲们的承诺要兑现。

皇上说话，谁敢反对？并且，皇上的这一决定让徐达、李善长等一干大臣都很得意。他们都是淮西人氏，朱元璋的同乡。在临濠建中都，不仅朱元璋有面子，这帮元勋宿旧同样可以光宗耀祖。

于是确定以临濠为中都，动工修造城池宫殿。并且说干就干，洪武二年（1369）9月正式动工。

房地产事业搞起来了，可是太祖龙兴之地经过多年征战，一片荒凉，没人咋办？这个也简单。朱元璋命人强制迁徙江南的富民14万到临濠屯种。对于这帮江南的土豪而言，噩梦降临了。背井离乡不说，还彻底成为无产者，回皇帝老家吃忆苦思甜饭去了。

他们哪里知道，这是朱元璋的一石二鸟之计。既补充了老家的人气，又能使江南地区的土豪离开本土，不再能够左右当地的经济和政治。朱元璋一朝，迁徙富民的政策一直在全国施行。

洪武七年（1374），临濠改了个和中都身份相匹配的名字：凤阳。

对于这种简单粗暴的造城运动，满朝文武里不是没有明白人。洪武八年（1375），诚意伯刘基（他是浙江青田人，不属于淮西集团）实在忍不住了，站出来坚决反对，并从地理、土壤、军事各方面加以分析，得出结论：皇上你老家实在不适合建都，这样搞下去只能是劳民伤财。当时刘基说话还是有分量的，一条一条说得朱元璋不住点头，于是中都营建工程停止，改作园林工程。

殊不知，朱元璋中止营建中都是另有隐情。开国多年，淮西功臣集团恃功自傲，违法之事渐多，结党营私开始泛滥。对此十分厌恶的朱元璋已经开始盘算着收拾这帮淮西功臣了。所以，助长淮西集团势力的营建中都之事自然不值得提倡了。

3年后（1378），朱元璋改应天为京师，正式定都。

后面的事我顺便多提几句。朱元璋对南京仍旧不满意，迁都的念头从未打消过。洪武二十四年（1391），朱元璋派太子朱标巡视关中，已有迁都西北的想法。太子专门考察了西安和洛阳，绘制了两地的地图。不料转过年来，太子突然病逝。年近古稀的朱元璋遭受老年丧子的打击，再无精力去想什么迁都的事了。

大明迁都一事，留在10多年后，由明成祖朱棣去完成了。

二

朱元璋是恋旧的，他希望他的子孙能够深刻理解他当年创业的筚路蓝缕。于是他经常让自己的子嗣诸王上山下乡，体验一把自己的艰苦经历。中都凤阳便成了皇家的传统教育基地。

登基前一年（1367），朱元璋带着长子朱标和次子朱樉回老家扫墓。这是一次真正的接地气、走乡间活动。去临濠是骑马的，但在当地更多却是步行。朱元璋带着两个孩子走进农家茅草屋和农民们聊家常，深入田间地头了解民间疾苦，目的就是为了让孩子们懂得如何体恤民情。

洪武九年（1376），朱元璋命皇太子朱标带着弟弟们去凤阳看看祖宗的肇基之地，再次深刻体会大明江山的来之不易。当时从南京到凤阳大约 330 里的路程，这是一趟皇子们的朝圣之旅。

凤阳新城早在洪武三年（1370）底便建成了，周围五十里 443 步，环置九门。中有皇城，周围九里 30 步，环置四门，完全按照皇城外九（门）内四（门）的样式修建。唯独一处不同，凤阳没有城墙。据说是风水师认为，建城墙会压住朱家的龙脉，于是这座中都城就没有了城墙。200 多年后，事实证明，风水师当时是在扯淡。没有了城墙，一帮土匪冲过来，不是压住你家的龙脉，而是掘了你家的祖坟。

此次回乡，皇子们不仅要熟悉民情，进行祖先传统文化教育，同时还要训练带来的大队军兵，以提高他们的军事能力。要知道，朱元璋分封诸子为藩王时，每人都配备了数千至数万不等的军队。私心极重的老朱绝不会将枪杆子交给异姓大臣，只有自己的儿子他才放心。

诸王里，四子燕王朱棣自幼悍勇。这次为期半年的凤阳之行让他锋芒初现，军事才能在诸王中名列前茅。此后，燕王多次前往凤阳。他希望深埋此地的列祖列宗能给予他更多福佑。洪武十一年（1378）7 月，朱棣的长子朱高炽在凤阳出生。他就是后来的明仁宗，他也是大明十六帝中唯一一位在中都凤阳出生的皇帝。两年后，燕王朱棣奉朱元璋之命举家前往封地北平就藩。

此后，凤阳不再出现龙凤之人。朱元璋看重祖宗的这块风水宝地，可他那帮养尊处优的子孙却毫无感觉。从成祖朝开始，土里土气的凤阳成了皇家监狱，专门关押犯错的皇亲国戚。

三

朱元璋之后，关于凤阳的消息少之又少，我们在正史和野史中都只能找到只言片语。

1402年，燕王朱棣的军队攻入南京，建文帝朱允炆和长子朱文奎不知去向。他两岁的次子朱文圭被幽禁于凤阳的广安宫，称作建庶人，一关就是56年。

直到朱棣的曾孙明英宗朱祁镇天顺年间，英宗皇帝认为："建庶人辈无辜淹禁几十年，于亲亲之义，实所不忍。"决定释放朱文圭，并派人到凤阳建造房屋，供朱文圭等建文帝的一干子孙使用。英宗此举替曾祖父的过失做了补偿，得到百官的一致称赞。谁料想，已经58岁的朱文圭因为长期与世隔绝，竟然连牛马都不能辨别，如同傻子一样，不久便去世了。朱棣造的孽，子孙还是无法偿还。

2014年暑期很火的国产片《绣春刀》一开场，便是几名锦衣卫去追杀被流放的大太监魏忠贤。真实的情形是，崇祯皇帝即位，斗倒权倾朝野的大太监魏忠贤，将其贬往中都凤阳祖陵司香，就是打发他去皇陵打扫卫生。这个在政治博弈中赌输了的九千岁大约是牛气惯了，被贬出京仍旧带了千名卫兵，赶着40多辆大车招摇下乡。崇祯皇帝气大了："被打倒了，你还敢跟我嘚瑟！这是逼我动刀子啊！"紧跟着下了道命令，让锦衣卫将魏阉缉拿回京。5天后，魏忠贤在河北阜城县南关的旅店被锦衣卫追上，他的千名卫兵一哄而散，不可一世的九千岁只好自挂房梁，自缢而亡，没能到凤阳向朱家祖宗们报到了。

8年后的1634年元宵节，凤阳城遭遇建城以来最大的劫难。

古今难找的疯子张献忠带着乱军30余万人直接冲入凤阳城（因为没有城墙），数千明朝守军全军覆没。然后发生了严重的打砸抢恶性社会事件，几万间民房、各衙门单位惨遭毒手。明皇陵自然不能幸免，朱元璋的祖坟、当年出家的皇觉寺、皇陵宫殿悉数被毁。

消息传来，崇祯皇帝大惊，下了罪己诏。皇帝承认错误了，可责任谁来负？凤阳巡抚、巡按等这老几位只好用性命来承担了。

四

县城做都城，中国三千年信史仅此一例；盲流做皇帝，世界史仅此一例。因为朱元璋，小小的凤阳天下闻名；因为朱元璋，凤阳与乞丐的称号结缘；因为朱元璋，凤阳成为一个畸形王朝的缩影。

皇袍虽然穿在身，我心依然是贫农心。骨子里的典型贫农朱元璋走出了一条非典型的贫农成功之路。于是，他把王朝的万里江山当成自己的一亩三分地，当成可以向人夸耀的老本儿。至于老家凤阳，更是他需要着力打造、找回自尊和展现虚荣的地方。洪武年间，凤阳如同一个暴发户费尽心思装修起来的俗不可耐的乡间别墅，极尽奢华，也极尽尴尬。等到二代、三代这些土豪儿孙接手家产时，老家再有光荣传统，也不过是土得掉渣的太爷爷级古董，给你留着就不错了，别指望他们会给凤阳的土豪建设再作新贡献。这个曾经花大气力装修的土豪县城只能在寂寞中回味太祖爷年间的风光。颇有讽刺意味的是，凤阳的结局是被另一帮盲流埋葬的。都说朱元璋心狠手黑，可比起李自成、张献忠，他只能算是小巫见大巫。与一群野蛮人狭路相逢之际，凤阳无能为力，并且无处藏身，所以中都的葬礼格外惨烈。

一座平凡的小县城在明朝276年间，承载了过多期许，享受了过度荣光，也遭遇了过分摧残，终究还是一座县城，历经荣辱兴废，最终尴尬地退出历史舞台。一如那个曾经显赫的朱明王朝，大而不强，博而不富，终不及雄汉盛唐以及两宋风流。

400年过去，中都不再，凤阳城还在那里。每一个日暮时分，明皇陵神道两侧残破的石人石马不言不语，伴着夕阳定格昔日的帝国时刻，一年又一年。

凤阳明皇陵虽然不是帝王之陵，但与南京明孝陵和北京明十三陵同为明朝皇陵，现仅存陵丘及石刻群。皇陵神道总长 257 米，对称排列石像生 31 对（原为 32 对）。

程学启与韦俊：双城孤魂

安庆与池州，两座相距不到70公里的皖南古城。程学启与韦俊，两个彻夜无法安眠的孤魂。

尽管建城已近800年历史，但是安庆真正为世人所关注，却是在近代。因为地处南京的西大门，太平天国时期安庆的战略地位不言而喻，所以1861年的安庆保卫战使安庆天下闻名。而程学启就是攻城阶段一个至关重要的人物。

一

程学启，桐城南乡人（今属安徽枞阳县），少年时就喜欢舞刀弄枪。24岁那年，太平军攻占桐城，随大流的程学启加入了太平军。当然，关于所谓的太平天国，他是没有概念的。至于忠诚度，基本可以忽略。

因为敢打敢拼，程学启做到了名为“弼天豫”的中级军官。他还跑回老家招来500名精壮士兵，自成一营。此时的安庆守将叶云莱非常看重程学启这个本地人，特意将自己的外甥女嫁给他，引为心腹。

不久，湘军水陆两师进攻安庆。程学启受命扼守安庆北门，在艰难中屡挫湘军。

强攻不行，只能智取。曾国藩、曾国荃两兄弟决定对程学启使用攻心计。俗语说：“最怕遇见老乡。”程学启此后的命运就因为老乡改变了。曾家兄弟帐下有个程学启的老乡叫孙云锦。老孙直接把老程的家底全抖出来了：程学启幼年丧母，是族人养母将他养大。程学启对养母极为孝顺。于是，湘军直接把程学启的养母抓到大营，让她去劝降程学启，并威胁：“程学启不投降，就杀你亲生儿子。”老太太没有办法，只好由湘军把她化装成乞丐，当天晚间混入程学启的大营。甫一见面，老太太就趴在地上乞求程学启投降。

程学启不得不面对现实：养母待自己恩重如山，如果自己不降，那个族人兄弟就会没命，他肯定不能这样做；城外激战正酣，尽管现在挡住了进攻，但毕竟安庆是孤城一座，不到两万的守军很难抵住湘军的凌厉攻势，迟早会城破身死。正反一合计，程学启已经有了投降的念头。

此时，安庆守将叶云莱比程学启更紧张，既盼望能有救兵突破重围前来解救，更担心手下军心不稳。所以，他加强了巡营。程学启养母化装进营没有躲过安庆城上时刻监视程营的探子的眼睛。叶云莱感觉不妙，立即派人持令箭到程营调他入城。这道令箭坚定了程学启叛降的决心。他不动声色，拿着令箭调了 82 名得力的手下，带着武器骗开营门，直奔离他最近的三里外曾国藩另一个兄弟曾国葆的大营。叶云莱闻报，立即派兵追赶。

1 500 米的路程眨眼就到。程学启在马上向湘军营门前的兵勇高喊："我程学启是来投降的！后面有追兵，所以我的兵器不能离手！相信我的话，你们就放我进去！不相信的话，你们就开炮吧。反正我是不能死在太平军的手里！"营内曾国葆当时已经睡下了，闻报激动得光着脚就跑了出来，传令开营门迎接程学启。

投降的程学启发觉，他的炼狱生活并未结束。他被安排在了围困安庆的湘军最外围，负责狙击外地援军。他的身后是湘军的火炮，每天的军粮也是由大营定时定量供应。显然，曾国藩对他并不信任。而安庆城内，叶云莱一气之下杀了程学启的妻子和儿子，把人头悬挂在城上。程学启悲痛欲绝，给上司曾国荃写信请战，却没有任何回音。几个月下来，程学启被这种不信任的日子折磨得想自杀。

9 月 5 日，终于等来机会。程学启的北门穴地攻城之计被采纳。湘军用预先埋设的地雷炸开安庆北门，程学启第一个冲进城中。他左冲右突，手中的长刀不停挥舞，昔日的太平军兄弟应声倒地。鲜血飞溅中，双眼赤红的程学启已经不知道自己是在替冤死的妻儿报仇，还是在与过去的太平军生涯做了断。战斗结束，叶云莱以下 16 000 名守军全部阵亡。当然，这其中也包括一个死去的灵魂——程学启。

二

安庆之战有功，程学启打消了曾家兄弟的疑心，被封为游击（从三品），赐戴花翎。此后，彻底死心的程学启再立战功，升至参将（正三品），也有了自己下辖 1 300 余人的开字营。但是在湘军大营里，他始终是个外来户。

那年冬天，太平军再攻上海，当地官绅联合到安庆请求曾国藩派兵东援沪上。曾国藩想让九弟曾国荃前往。不料曾老九盯着天京要立不世之功，坚决不去上海。曾国藩只好让学生李鸿章前往。小李当时正在筹建淮军，乐得去上海练练手。曾国藩怕李鸿章的部队战斗力不够，让他在湘军中抽调人马。于是，不受湘军重视的程学启成了新组建的淮军中的骨干。

沪上战场，程学启的开字营凶猛彪悍，连战连捷。他也被升为副将，并加“勃勇巴图鲁”封号（巴图鲁在满语里指勇士）。他也真够得上巴图鲁的称号，打仗不要命，在青浦被炮弹击伤胸部，裹伤再战，大败太平军苏州主将谭绍光。

十月，苏州城被淮军团团围住。太平军的头目郜永宽暗中与程学启达成协议：杀谭绍光献城投降，附带不杀降、留编制、保奏官职 3 个条件。面对和两年前自己投诚一样的真人秀，程学启并不感到惊喜，反而有些鄙夷，甚至麻木。当着英国常胜军统领戈登的面，程学启和郜永宽折箭为誓。苏州城指日可待，程学启的脸上掠过一丝冷笑。

4 天后，郜永宽等人果然杀谭绍光献苏州投降。8 名降将到城外军营拜见李鸿章。老李设宴款待。酒喝到一半，李鸿章借故闪了。一声炮响，程学启带人闯进大帐，郜永宽等 8 人还没反应过来就成了刀下之鬼。他们手下发现情况有变，起来反抗，又被程学启杀了几百。接着，程学启以补偿部队欠饷为由，纵兵劫掠苏州城。对于杀降，李鸿章是同意的，但劫掠却出乎他意料："君亦降人也，奈何遽至于此!"翻译过来就是，你在安庆也是临阵投诚过来的，怎么到了苏州把事做得这样绝！李少荃哪里知道，两年来，程学启无时无刻不在忍受内心的煎熬。良知的拷问、良心的追悔，以及现实中无处驻足的真我，合成了一个索要救赎的判官，催逼得他不疯魔不成活，最终用这种近乎变态的方式向刚刚投降的苏州施虐。

有道是"富贵险中求"，高官厚禄从来不问出处。朝廷给破苏州首功的程学启授一品封典骑尉世职，赏穿黄马褂。

作孽也该到头了吧？是时候让程学启这个无头骑士驻足了。

淮军围攻小小的嘉兴城竟月不破，程学启亲率敢死队攻城，4 次登上城头 4 次被打了下来。程学启像疯了一样，继续冲锋。终于城头又被拉开了一个大口子，程学启一跃上城。可就在他的脚刚刚落下的一刻，“砰”的一声枪响，程学启的左太阳穴被洋枪击中。倒下的他不知道，身后的淮军蜂拥而入，嘉兴城被他的部队生生啃下来了！可是，他却不能再次纵兵屠城了。尽管士兵们将他抢回大营，后来又转送苏州医治，终因脑浆迸裂，伤势太重，20 天后身死，时年 36 岁。

李鸿章为这个淮军猛将惋惜，替程学启向朝廷表功，皇帝追赠其太子太保，在安庆、苏州、嘉兴三地为其建专祠，谥号“忠烈”，赐三等男爵。皇帝想表彰程学启，不料这三座城池都无法认可程学启：尽管安庆是程的故乡，且不说他战与降的对错，单就程在安庆保卫战中的战绩来说，杀伐太重，故乡无法原谅他；苏州是程的得意之地，程却是苏州的魔鬼；至于嘉兴，嘉兴是他的坟墓，他是嘉兴的屠夫。

程学启就是一枚枯叶。当他跨出太平军安庆大营的那一刻，他已与树干诀别。此后的大风大浪里，尽管他奋力挣扎，都不过是一片枯死的树叶，随风飘动。当他被吹至云端，不过是暂时的崇高；当他被扫落泥泞，也只是一地垃圾。荣也好，枯也罢，他都是没有灵魂的躯壳，无处寄放。

三

生于广西桂平的韦俊原本和池州没有关系。

他和太平天国的渊源来自他哥韦昌辉。当年金田起义之时，韦昌辉毁家纾难，参加太平军，成为洪秀全领导班子的核心成员。韦俊则被称为国宗（诸王的兄弟，带兵的国宗地位相当于太平天国里的丞相）。韦俊这个国宗可是货真价实。从扬州到黄州，从武汉到常德，从岳州再到武汉，韦俊威名远扬，绝对是太平天国前期诸王之下最能打的将军。

28岁时，韦俊任武昌守将，不仅多次打退湘军名将胡林翼的进攻，还炸死了当时赫赫有名的“湖南三亮”之一的“老亮”罗泽南（其他两个是“小亮”刘蓉、“今亮”左宗棠）。

正当清军围困武昌一年之际，天京传来凶信：领导班子内讧，哥哥韦昌辉杀了杨秀清，又被洪秀全杀了。孤城无援，又莫名其妙变成问题家属，韦俊百感交集。这时，胡林翼射书入城，对韦俊实施劝降。韦俊的革命意志还是相当坚定的，严词拒绝劝降。他的头脑更清醒：武昌绝对守不住了，他现在就为天国尽忠，实在死得不明不白。他必须搞清天京事变的真相，向洪秀全表明自己的清白。于是他选择“走为上”。经过巧妙安排，韦俊带着大队人马从武昌顺利突围。

韦俊毕竟丢了武昌，领导是要追究责任的。好在爱才的石达开全力保举他，洪秀全才没有追究。不久石达开出走，为了稳定朝纲，洪秀全重新启用五军主将：陈玉成、李秀成、蒙得恩、李世贤和韦俊。前面这四位都是王爷，只有韦俊不是。显然哥哥韦昌辉的阴影仍然没有散尽，洪秀全对他也谈不上重用。

接下来的形势对韦俊更加不利，一步一步将他逼上了绝路。

四

韦俊驻守池州，杨秀清的兄弟杨辅清驻守建德（今安徽东至县）。杨辅清因为天京事变记恨韦俊。与清军交战时，韦俊时常援手杨辅清，可杨从不领情，隔三岔五还找点茬儿跟韦俊闹点摩擦。久而久之，韦俊再好的脾气也要爆发了。

真正让韦俊忍无可忍的却是英王陈玉成。这位太平天国后期的明星王爷并非完人，心胸狭窄是他最大的毛病。小陈以前是韦俊的手下，但后来人家混上去了，成了韦俊的上司，也瞧不上这个昔日领导了。当时忠王李秀成在长江以北的浦口内外交困，向池州的韦俊求救。五军主将中，李秀成和韦俊都不太受洪秀全待见。所以，韦俊带着粮食过江相救。在和州（今安徽和县），陈玉成害怕韦俊和李秀成联手，影响他在皖北的势力范围，于是下令封江，拦住韦俊，不许他去援救李秀成。双方僵持不下，新仇旧恨一股脑儿翻出来，直接大打出手，双方死伤千人。太平军打太平军，一下子把旁边的清军搞得丈二和尚摸不着头脑了。

和州械斗彻底伤了韦俊的心。他不仅看到了洪秀全对自己的不信任，还看到了太平天国内部勇于私斗的顽疾。

此次他江北救援完全出于公心，却引来这么大的火并。小心眼的陈玉成肯定会上报洪秀全，他韦俊罪责难逃，再联系到哥哥韦昌辉的罪过，韦俊真的不敢再往下想了。反正留在太平天国，横竖都是死，还死得不清不楚。万般无奈中，他起了叛降的念头。

韦俊先将周边繁昌、峨桥等地的部队撤回池州，然后致信清军水师提督杨岳斌请降，主动上缴官印百颗，并约期攻取芜湖作为投降的见面礼。杨岳斌拿到书信不敢相信，因为此前没有过这么高官阶的太平军将领投降。他立即向曾国藩汇报此事，曾国藩和胡林翼等人也将信将疑。于是，韦俊一面再写书信，一面派黄文金等四将先行攻打芜湖。

可惜韦俊的投降动员工作没有做好，这四位走到半路反悔了，调过头来反攻池州。慌乱中韦俊和湘军一起把四将打跑了。不料几天后，黄文金等人请来附近的杨辅清攻打池州。这边韦俊出城应战，那边城里却有人打开城门，放太平军进城。韦俊只得带着身边 4 000 多人投奔清营。韦俊的池州叛降真的有些窝囊。丢了池州不说，近两万人的部队也只带出来 4 000 人。但韦俊毕竟是韦俊，他会让曾国藩看到他的价值。

五

接下来的一年时间里，同样背负着叛降骂名的韦俊连克石埭、殷家汇、宁国等地，将皖南这道天京的战略屏障彻底摧毁。而在安庆保卫战中，韦俊则给了老对头陈玉成致命一击。当时枞阳是通往安庆的咽喉要道，韦俊直接拿下枞阳。把陈玉成南下的救援重兵死死挡在枞阳外面，陈玉成只好眼睁睁看着安庆陷落。

攻克天京后，韦俊由四品都司升为三品参将，而前文咱们说到的程学启已经是二品副将了。要知道，在太平天国韦俊可是五军主将之一。和程学启相比，他这次投降做的是亏本买卖。还是因为哥哥韦昌辉的缘故，韦俊始终得不到清廷重用。后来在池州任上，他被强行解除兵权，晚年在芜湖隐居，57 岁时寂寞地死于宣城。

攻克天京不久，韦俊曾回广西老家，想出钱修建渡口，不料父老乡亲都不买账，还骂他是“反骨韦十二（他在家排行十二）”。韦俊天生反骨吗？他是迫不得已。韦昌辉被洪秀全当枪使，灭了杨秀清，自己也被灭口。韦家人自然不能被洪秀全重用。所以，让韦俊效忠洪秀全，基本是个伪命题。而杨辅清、陈玉成等同僚的步步相逼，更使得韦俊对太平天国失望至极。如果说杨辅清的挑衅，韦俊还能忍受，那么陈玉成的兵戎相见则让韦俊感到了性命之忧，他不能不奋起反抗。

韦俊是小人吗？有人翻阅了众多史料，不仅李秀成后来的自述里没有一句对韦俊的不满，而且清军中的曾国荃、鲍超、杨岳斌等人都曾称赞韦俊的为人。

我同情韦俊。他出身不低，却是本分人，凭本事吃饭，靠战功说话，一步步做到五军主将。他不惹事，却偏偏被事儿追着。洪秀全不喜欢他，杨辅清欺负他，陈玉成压制他，曾国藩不用他，韦俊心里苦啊：我到底惹了谁?!

六

安庆地处江淮战略要地，又是当时的安徽首府，因此众多历史事件和历史人物在此交汇，枪火味儿十足。所以，彪悍的程学启叛降之事才显得那样惊心动魄、鲜血淋淋。程学启凭借桐城佬特有的狡黠与彪悍，一扫降将的谨小慎微，大开大合间实现了人生短暂的绚烂，尽管这绚烂过于惨白。

相比之下，地处江南的池州则是另一番寂寞景象。曾经的韦俊在武昌城三进三出，何等英武，却不料在池州城屡遭打压，忍无可忍中献城投降；但这一出玩得实在有失水准——人投降了，城却丢了。此后的韦俊丢了魂般地在池州任上郁郁寡欢，最终还是在这儿把官职给混没了。老去的韦俊终究没有机会向乡亲解释自己的苦痛，客死皖南，成为敬亭山下的八桂孤魂。

程学启也好，韦俊也罢，都是那个动荡年代里的小人物。如果当初没有加入太平军，或许程学启也就是桐城乡下一个普普通通、有把子力气的小混混，韦俊也不过是桂平乡间有些家底的土财主。他们的人生或许平淡如水，或许百无聊赖，但至少用不着被动地去品尝这许多世间的尔虞我诈、无可奈何。既然命运牵拽着他们参加了太平军，他们就注定要为这个乱世忏悔，为这段荒唐殉葬。

我祖籍池州，生于安庆。20余年前读到太平天国这段历史时，曾去安庆城内的谯楼、英王府等古迹寻找当年程、韦二人的遗踪，无奈一无所获。历史展现的永远都是强者的成绩单。而程学启、韦俊这般不大不小的角色，只能躲在只言片语中闪烁其词。今天写下这段文字，不为那个年月翻案，不为那场战争漂白，只为那些无辜的灵魂祈祷。

十八般兵器，你算老“戟”

如果要给中国古代的兵器排一下颜值，在很多人心中，方天画戟就是那个NO. 1。

刀枪剑戟，斧钺钩叉，镋棍槊棒，鞭锏锤抓，拐子流星，再加上武侠小说里稀奇古怪的对象，冷兵器时代的兵器可谓五花八门。要说杀伤力，各有千秋；要论受欢迎程度，也是萝卜青菜。从战争史到演义小说，兵器的话题层出不穷。归根到底，作为战场的主角，兵器的知名度大小不在自身，而在兵器的主人。这方面，方天画戟感同身受。

一

作为中国最古老的兵器之一，戟是矛和戈的合体。在矛的枪尖旁加个横刃，或者在戈的顶部加个枪尖，于是外形呈“十”或“卜”的戟就做成了。既有矛的尖锐，又有戈的锋利，可刺可砍，有棱有角，果真是有型有料!

但是被我们广泛传扬的，却是一款名为方天画戟的花样兵器。

戟杆上有彩绘装饰，戟头有两个月牙利刃，用四根小枝连接到枪尖底部，两边各呈“井”字形，故而得名方天画戟。我倒觉得，如此美观、精细的兵器，还能不能上阵杀敌?

如同经过了全面整容，方天画戟的传奇自然要与型男一道登场。

据说，号称“重瞳板肋”的肌肉男项羽当年应手的兵器就是一枝大戟；还听说，韩信在项羽公司打工时，第一份工作便是执戟郎——成天立在项羽帐外抱着大戟站岗。干瘦的韩信抱着两米多长的大戟当保安，不仅没有威慑力，并且总觉得没有人尽其才。所以韩信没事儿便把大戟靠在墙边，跑到办公室里跟项羽谈兵法，想让老板把他从保安部调到参谋部。心高气傲的项羽觉得这小保安不务正业，根本不搭理他。

于是韩信去了汉营，不会用戟的刘邦恭恭敬敬把韩信让到了总司令宝座。

当初项羽学书不成学剑，学剑不成学兵法，兵法也只学了个半瓶子醋。除了有把子扛鼎之力，项羽并不能真正驾驭长戟。所以戟在他的故事里只有耀武扬威，而并非出神入化。

1969 年甘肃省武威市雷台汉墓出土了 99 件铜车马仪仗俑，其中有 17 名武士左手执辔、右手执戟。

最后，不喜欢扛戟的韩信指挥一帮拿着各式兵器的猛男，把执戟猛男项羽逼得乌江自刎。

二

400年后的汉末三国，群雄逐鹿。所以罗贯中老先生觉得，《三国演义》应该是戟的主场。

虎牢关前，“人中吕布，马中赤兔”，惊世骇俗。一支方天画戟惊艳了十八路诸侯。

凤仪亭里，董卓掷戟。抓小三这种桃色事件，如果提着菜刀砍人，便直接演变成社会治安事件。吕布是扛着方天画戟找貂蝉私会的，董卓又抄起墙角的方天画戟兜着屁股捉奸，于是这故事活色生香。

小沛吕布大营的辕门前，150步外吕布张弓如满月，箭射画戟。救了刘关张，惊了袁绍的大将纪灵，更让袁绍的十万兵将齐脱征衣。那是吕布最帅的范儿。

白门楼下，方天画戟被部将宋宪、魏续盗走，吕布成了笼中困兽。

吕布够勇够帅，却不仁不义，连累得他的方天画戟只能是太妖太艳，没有英雄气概。

《三国志》则还原了真实的历史，吕布常用的兵器是长矛。

三

执戟的战神是典韦。

濮阳城外，夜袭不成的曹操被吕布的追兵撵上，典韦领着几十名敢死队员冒着箭矢阻挡追兵。

典韦的命令很奇特："敌人距离十步远时，提醒我。"

十步到了，典韦不慌不忙，派头十足地继续吩咐："五步远时，提醒我。"

军兵已经等不及了，扯起嗓子："敌人到了！"

只见典韦从身后抽出十余支短戟，大吼一声，以戟掷敌。真如小李飞刀般例不虚发，敌人应声倒下一片。吕布的部队生生被典韦出神入化的短戟秀震撼了，纷纷退兵。曹操得以回营。

当晚，典韦被曹操提升为自己的亲军统领。军中遂流传佳话："帐下壮士有典君，提一双戟八十斤。"

典韦一战成名。

当然，典韦之死也是戟的葬礼。

宛城征张绣时，张绣偷袭曹营，曹操落荒而逃。又是典韦带着十几个士兵挡在营门前。典韦奋起神威，以一当十。长戟所到之处，敌人的长矛一齐折断——那是戟的狂曲。

无奈寡不敌众，士兵全部战死，典韦也已身中数十处创伤。即便如此，他仍徒手挟死两个敌兵，其他敌军不敢上前。典韦再次冲入阵中，击杀数人，最终力竭，圆睁二目而亡。

曹操最怀念的两个英年早逝的部下，文是郭嘉，武是典韦。

典韦之后，戟成了绝响。

四

当年十来岁时读到《三国演义》里太史慈与小霸王孙策的那场酣战，我就替太史慈着急：身后的手戟简直就是累赘。如果没有背着那俩玩意儿，他和孙策一定能分出胜负。

猛将甘宁上阵用的是长刀和流星锤。至于双戟，留在军帐里跳舞用了。

唐朝以后的史书中，我们看到方天画戟更多是和金瓜钺斧朝天镫一起，沦为皇家仪仗队的主角。

演义里，薛仁贵被描述成又一个用戟的明星。史书上薛仁贵的传奇则是“三箭定天山”。

其实，真正把方天画戟的没落说得通透的，是《水浒传》。

宋江身旁两大护法，小温侯吕方和赛仁贵郭盛。一人穿红、一人着白，一人一条方天画戟，走到哪儿都很拉风，替宋头领挣足了面子。

但这俩帅哥的实战表现实在令人摇头。

对影山前，两人不打不相识。30 余个回合不分胜负，却因为一支戟上的金钱豹子尾和另一支戟上的金钱五色幡搅成一团，两人在马上动弹不得。一旁观战的花荣一箭分双戟，讨了个满堂彩。

拜托！方天画戟不是智能手机，挂些花里胡哨的豹子尾和五色幡，真的成了中看不中用的摆设。

上梁山后，我们在战场上基本见不到吕、郭二人的身影，直到曾头市。

曾头市的曾涂出阵搦战，宋江带着吕方、郭盛迎战。总不能叫老大出马吧。于是吕方挥着方天画戟，甩着金钱豹尾直取曾涂，30 回合战不下曾涂。郭盛也摇着豹尾长戟前来助战。

上次豹尾打结事故过后，二人并未引以为戒，这次真的要吃亏了。

吕、郭二人双戟齐举，曾涂正要拿手中枪去拨，不料两枝戟的豹尾连同他的枪缨全搅到一起。3 匹马转着圈踏步，3 个人各掣兵器，如同在一个锅里涮麻辣烫。整个画面让人又好气又好笑。

又是阵脚旁的花荣，直接瞄准曾涂就是一箭。

好险哪！

此时曾涂的长枪已经抽出，两枝戟还在那儿纠缠。曾涂刚要掣枪刺吕方，花荣的箭先到了，正中他的左臂。曾涂翻身落马。吕、郭二人这才反应过来，连忙举着搅在一起的双戟直刺曾涂——我猜曾涂一定死不瞑目。

或许回营后，惊魂未定的吕、郭二人第一件事就是拿剪子铰了这两条差点误了性命的豹尾。

《水浒传》就是一部琳琅满目的兵器谱。武松的双戒刀、鲁智深的镔铁禅杖、秦明的狼牙棒、徐宁的钩镰枪，还有呼延灼的虎尾钢鞭，每一件拿起来都是威风八面，战绩辉煌。唯独那两支方天画戟，如同笑话一般，也让我们记忆深刻。

兵器同玉器古玩一样，玩家的品位、个性可以影响改变这个对象。戟的主人多有事故，所以戟的故事也红灯不断，少有英雄。

兵器如人，面子的风光一定是由里子的丰厚决定的。当颜值成为亮点，价值基本可以忽略，这兵器也就该退场了。

出江湖记

江湖是什么？儒者说，江湖在庙堂的另一端，却咫尺天涯。侠者说，有人的地方就有江湖，江湖就是人心。儒者和侠者都来自江湖，他们都想逃离江湖，结果所有的人都湮没于江湖。

中国古代的文人似乎一直处于一种失重状态。任你满腹经纶，任你松菊人品，总觉得如浮萍一般在江湖里漂着，没有一块合适的平台可以着陆。在他们看来，盛名太轻，家国太重。于是，门客冯谖要在孟尝君的门前弹铗作歌要鱼吃，诸葛亮要在隆中自编自导一出“卧龙出山”的达人秀。

感谢隋炀帝，更要感谢唐太宗，科举制的发明终于遂了每一个士人跻身庙堂的梦想。长达 1300 余年的科举制牢牢将士人与庙堂联系在了一起。

可惜，科举的竞争比当年我考大学还要难，鱼跃龙门的幸运儿少之又少，多数文人还是沦为被挤下独木桥的千军万马，依旧在江湖里寂寞着。

成功依附上庙堂的士人们呢？他们这时才发现，千辛万苦挤上来的庙堂根本不是他们心中的圣殿。要么阉割信仰，自觉服从庙堂规则；要么自动或被动地出局。这些没有了个性主张的生命更加轻飘，伴随帝国政坛的起起伏伏，忽左忽右、忽上忽下。

才情卓越的李白在兴庆宫里也只能写出“云想衣裳花想容”之类的花间词句，远不及当年“大鹏一日同风起，扶摇直上九万里”的意兴遄飞（颇有讽刺意味的是，写这句诗时他的梦想是进入兴庆宫）。李白终究是李白，骨子里的狂放不羁绝不容许庙堂的条条框框来束缚。于是，“天子呼来不上船”的他“仰天大笑出门去”，QQ 签名上霸气标注：“安能摧眉折腰事权贵，使我不得开心颜！”

李白真的放下庙堂之事了吗？没有。

他更像是使完小性子的孩子，嘴里说走，却不停回头张望，期待皇帝能够对他唱《懂你》，叫《你快回来》。于三山五岳间游荡的李白时刻关注着皇帝微信朋友圈的更新，等待那个改变他命运的敕令下达。左等不来右等不来，却蹦出个混蛋安禄山的武装叛乱。山河破碎了，皇帝西逃了，理想主义者李白执拗地呵护着心中那个已经残缺的庙堂梦，他在乱世中寻找着能够赏识自己的真命天子。可惜不懂政治的他眼光太差了，跟了永王李璘；还没来得及让永王兑现加官晋爵的承诺，就被新皇帝当作叛军给平定了。至此，李白同学的政治生命彻底完结。后世传说他于百无聊赖中水中捞月，魂归江湖。

文人的终极梦想是出离江湖，归于庙堂。实际上他们从江湖到庙堂的轨迹却是画了一个大大的圆圈，起点到终点不过是辛苦徒劳的原地踏步。

韩非子说："儒以文乱法，侠以武犯禁。"侠是崇尚自由的，而庙堂是讲规矩的，所以讲求道义和责任的侠与庙堂是相斥的。

对侠客来说，江湖就是他们的氧气，不可或缺。至于庙堂，那更像火星上的故事，高攀不上。如同文人最好的诗词在江湖，侠客最精彩的表现同样在江湖。一旦归于庙堂（招安也好，投诚也罢），不是如《三侠五义》里展昭般成了皇帝脚下温顺的猫咪（展昭为皇帝献艺，龙心大悦，钦赐"御猫"之名），被白玉堂这只锦毛鼠折腾得七荤八素，便是像《雍正剑侠图》里的甘凤池一样做了御前的鹰犬（雍正皇帝的特务机构"血滴子"统领），成为杀人利器。反正都没了侠的气概。至于水泊梁山的接受朝廷招安，更是假侠客兼落魄小吏宋江一个人的一厢情愿，连累得众家好汉里外不是人了。

有侠客的江湖才精彩。鲁提辖拳打镇关西，打的是土豪劣绅；林教头风雪山神庙，出的是胸中恶气；秦叔宝染面涂须诈登州，舍的是身家性命，全的是兄弟义气。忠孝节义在侠的身上得到充分绽放。

侠是抗拒庙堂的，但侠往往成为庙堂之上肉食者们满脑袋难题最好的救赎。遍阅史书，有侠拯救的庙堂之事才会惊天动地，彪炳史册。赵国被秦军围困，魏国的信陵君窃符救赵，配合完成这项任务的就是侠士侯嬴与朱亥。古稀之年的老侯嬴为信陵君引荐当街屠猪的勇士朱亥，为信陵君给出窃符矫诏的妙计，最后又自刎以绝信陵君的杂念；两军阵前，朱亥锤杀魏军主帅晋鄙，帮助信陵君率军解了赵国之围。因为矫诏行事犯了重罪，朱亥和信陵君无家可归，流落异乡。秦国趁朱亥替信陵君出使之际，威逼利诱朱亥事秦，朱亥不从，最终自绝性命，保全了名节。侯嬴、朱亥用实际行动诠释了侠的含义——“侠之大者，为国为民（《射雕英雄传》中郭靖的名言)”。

可见，真正的侠客生于江湖，隐于江湖；碰到时机成熟，可能会“水落石出”，瞬间璀璨于庙堂，但同时必定迅速陨落于庙堂。水泊梁山的梦已醒，笑傲江湖的曲未终。庙堂不是侠之大者的归宿，而是侠的荒冢。

于黎民黔首而言，庙堂像是江湖的救赎，钟鸣鼎食或许可以瞬间改变白丁的命运；但于家国而言，江湖则是庙堂的救赎，历史进程的引擎实际是由江湖驱动的。不论儒者，抑或侠者，出江湖记都是一场徒劳的行动。因为救赎仍在江湖。

跋

历史像是一个选秀的大戏台。每一个登台的人物，秀的不是才艺，而是心机。读史的我们，品评最多的还是人性。历史的最终取舍标准是，看戏不看人。

总有人问我：霍光是忠，是奸？绍兴和议是利多，还是弊多？海瑞是贤，是愚……我总是笑着劝他们：你再看看历史，自己判断。

是的，我不喜欢人云亦云。我更愿意用自己的眼睛去审视，用自己的脑袋去思索，用自己的良知去判别。历史就是一出一出的人生大剧。我们所要做的，就是跟随剧中人物设身处地地去感受。一千个观众心中有一千个哈姆雷特。历史的探究也不只限于教科书上的一家之言。

我希望这本小书成为一支窥豹之管，究故实若辨秋毫，察人性洞若观火。

名侦探柯南说："真相只有一个。"但这并不意味着，真相就是简单的非黑即白。如果历史故实真的只如硬币的两面，那这门学科也就没有存在的必要了。历史学的魅力在于，它的开放性和多样性；不同的时代、不同的视角都会得出迥异的结论。我们追求历史真相，但又不囿于机械地真相还原。由于年代久远，有些真相我们甚至无从查证，不要紧，我们更珍惜求证过程给予我们的关于世界、关于人性的再认识。毕竟我们是以故事看人物、以人物说历史、以历史晓文化、以文化察人性。

历史是公正的，每一个忠臣良将都会被铭记，尽管高尚只是高尚者的墓志铭。至少在这些或短或长的文字里，我们定格了孝悌忠信礼义廉耻。

大众的眼睛是雪亮的，不会放过一个佞臣奸贼。即便他们能够逃过一时的法理审讯，公道人心的法庭终会有一个被告席请君入瓮。

令人欣慰的是，王侯将相粉墨登场的间隙，总能容许那些贩夫走卒、引车卖浆之徒也走到台前，用柴米油盐酱醋茶的朴素方式，引我们去品那最接地气的人间烟火。

陈寅恪先生有诗云："读史早知今日事，对花还忆去年人。"一切历史都是当代史，所有的过往都会重现。我们所要做的，就是让文化得以传承、让错误不再重演。

或许从严格意义上来说，本书当中的文字不能称之为历史著作，或者应该叫作杂糅了历史、社会、政经，还有一点俏皮的读史笔记。但是，我希望我30年学习历史的一点心得体会，能够给大家带来一点思考昨天的满足和分享当下的快乐。

感谢合肥工业大学出版社的资深编辑疏利民兄。于我，他是伙伴，更是知己。

感谢沈喜阳兄为本书欣然作序，我喜欢他的微信签名："羲和之未扬，若华何光。"在古代文学领域，他是我的良师。

感谢我的家人，我们一起践行"书香门第"的真正含义。

更要感谢曾经与我交流、给我指导的老师、朋友，是你们让我的知识盲区越来越少。

秦汉宫墙柳，江湖不系舟。喜剧、悲剧、正剧，一幕接一幕，大戏不断。

生旦净末丑，神仙老虎狗。故国、故人、故事，你方唱罢我登场，我们在看戏，更是在读人心。

朱首彦

2020年8月17日

编后记

原来历史并非这般素颜

那时青荷

诸位看官，当你打开《写在历史边上》这本书，徜徉在琳琅满目的故事里，领略着字里行间的丘壑乾坤，是否被朱首彦老师圈粉？或者说，当他用新潮诙谐的语句，扣人心弦的笔法，将那些古董一般的人和事，如数家珍似的娓娓道来，你可曾会心一笑，情不自禁要为他打call，想给他点赞？

我想，你一定被他深厚的文史功底折服的同时，又被他那股可爱的俏皮劲儿，不偏不倚地吸引，体验到一番读史的快慰，一种仿佛坐上时光机的惬意。原来历史并非这般素颜，读史竟然这般有趣，历史里的每个人，都是一个不可估量的小宇宙。

原来从庙堂之高到江湖之远，不过刹那间的一个转身。

而江湖不只有菊花、古剑和酒，更有庸人自扰、匹夫一怒；原来看似打酱油的配角，演绎的才是最接地气的人间大片；而那些叱咤风云的豪杰好汉，有时竟然是让人大跌眼镜的“吃瓜”同事；那些举足轻重的历史达人，不过是朋友圈里的老曾、老左和小李……

坦白地说，作为一枚文史粉丝，我能够零距离接触《写在历史边上》书稿，着实荣幸之至，与其说是仔细编校，不如说是用心拜读。当书稿编校完毕，交还责编疏利民老师时，感慨良深的我，不由得脱口而出：“甚是精彩，非常好看!”我承认此乃肺腑之言，不带一丝浮夸半点恭维，相信大家是能够感知的。只要轻启书页，竟是章章有料，篇篇精辟，让人手不释卷的同时，又不舍得一下子读完。原来有种好文章，如此引人入胜，且耐人寻味，让人欲罢不能，值得反复品鉴。哪怕每辑的引言里，都有无尽的历史风尘扑面而来，许多的人物脸谱鲜活闪现，让人浮想联翩，如见如闻。

这就是朱首彦老师的文字魅力，三分逸趣，七分才情，读来即是十分出彩。既文采四溢，又妙趣横生，有浑然天成的一面，亦有别具匠心的一面。身为江南人氏的他，现居省城合肥，八百里皖江的文化底蕴，与八百里巢湖的水天一碧，赋予他睿智品性的同时，又养成一种冷静透彻的哲思。他是个优秀出色的新闻人，也是位甘于寂寞的写作者，还是名德才兼备、颜值爆表的资深讲师。他热爱文史研究，三十年读史不停；他以低调而洒脱的步履，走在历史边上，以敏捷而精到的笔触，写在历史边上。每篇文史随笔，都是一支窥豹之管，都是一个独特的视角，于经纬交织的史册间，究故实若辨秋毫，察人性洞若观火，要么让人眼前一亮，要么让人掩卷长思。

记得他有句话让我印象深刻：“世事无常，历史如斯。我说还是不说，历史仍在那里，不动不摇。你看还是不看，故事就在这里，有滋有味。”在他开阔而丰富的视野里，历史像是一个选秀的大戏台，上演的都是一出出人生大剧。每个登台的人物，秀的不是才艺，而是心机。读史的我们，品评最多的还是人性。历史的最终取舍标准是，看戏不看人。

在三十年的读史历程中，他不喜欢人云亦云，他更愿意用自己的眼睛去审视，用自己的脑袋去思索，用自己的良知去判别，用自己的积淀去阐释。他喜欢以史佐茶，漫话古今，以一种独特高妙的手法，打通历史的任督二脉，进入历史的骨骼肌理，展开古老的褶皱和尘封的细节，跟随剧中人物设身处地地去感受每个有趣的灵魂，解读他们内心的喜怒哀乐，体悟他们一生的悲欣交集。

他喜欢用穿越的视角回望历史，用对比的方式还原历史，用流行的语言解读历史，生动准确地呈现种种史实，让人更轻松客观地了解历史，读懂当下。在他的笔下，历史没有太多深奥，情节不必过于离奇，当他将时髦的词汇粘贴到古代，我们惊奇地发现，除了时空不同，古往今来重复的还是一样的人和事。

尽管历史的真相只有一个，然而这并不意味着，唯一的真相，就是简单的非黑即白。而那些所谓的惊天动地，其实都是一个个动人的瞬间。所有的错综复杂，无限的纷繁喧嚣，都是大戏不断，都是人性的使然。那亦磅礴亦苍凉的大幕下，是战争与和平的选择、正义与邪恶的较量，是家国天下、黎民苍生。

滚滚长江东逝水，浪花淘尽千古英雄，也淘尽大千浮尘。人世浩荡，过客匆匆，半是白云苍狗，半是沧海桑田。在历史的大海中，在过往的沙滩上，总有遗珠等我们捡拾、给我们启示，让人重新破译那些历史人物的心灵密码，触摸他们的记忆、体温、灵魂和性情。

所以站在历史的边上，有时让人忧伤，有时让人感怀，有时让人通透。因为每卷历史的背面，都是“少年子弟江湖老，红粉佳人两鬓斑”；每页历史的况味，都是“读史早知今日事，对花还忆去年人”；每段历史的收稍，都是“是非成败转头空，青山依旧在，几度夕阳红”。

诚然，历史可能没有故事片精彩，但定然比超级大片更加摄人心魄。历史的故事，也没有永远不变的主角，但你会发现，我们不了解的历史底色上，有江山如画、金戈铁马，有帝王将相、英雄美人，有贩夫走卒、江湖侠客……你还会看到，我们不在场的历史册页间，有人剑胆琴心，有人蝇营狗苟，有人念天地之悠悠、独怆然而涕下，有人受尽天下百官气、养就心中一段春。

世上风景林林总总，包罗万象，繁华有繁华的美好，简单有简单的妙处，一切自有深意，千般自有安排。蓦然回首之间，多少波谲云诡，早就尘埃落定，多少风起云涌，终究云淡风轻。且从大浪淘沙中，看历史的表里，从荣辱得失间，看人性的善恶。从秦汉魏晋，到唐宋明清，有人纵横捭阖，有人跌宕起伏，有人机关算尽，有人赤子情怀，到后来都成了茶余饭后的渔樵闲话。

张潮在《幽梦影》中曾言：“经传宜独坐读，史鉴宜与友共读。”他亦言：“对渊博友，如读异书；对风雅友，如读名人诗文；对谨饬友，如读圣贤经传；对滑稽友，如阅传奇小说。”

可以说，一个人在读史的时光中，抑或独步古今的闲情里，有缘遇见朱首彦老师和他的读史笔记，无疑是结识一位难得的良师益友，获得一份丰盛的精神大餐。在历史的城墙下相逢，他是你读史的小伙伴，也是你看戏的同路人；在书香的世界里漫步，他是你学识渊博的挚交，也是你睿智风趣的知己。你们可以煮酒论英雄，也可以风雅颂古今，一切如切如磋、如琢如磨。

只要打开他的著作，就像一场好戏开了场，一派锣鼓铿锵之中，那一招一式的修为，那唱念做打的功夫，时时有绝活，处处见境界，眉稍眼角都是精气神。一阵击节叫好之余，你会由衷感叹，原来故事并非这般素颜，原来炉火却是这般纯青。

倘若历史是一道绵延的山脉，那么横看成岭侧成峰，远近高低各不同；倘若历史是一个偌大的戏台，从生旦净末丑，到故国故人故事，总是你方唱罢我登场；倘若历史是一部电视连续剧，则永远没有彩排和剧终的可能，下一集即将现场直播，精彩一直在继续。

有道是：“三千年读史，不外功名利禄；九万里悟道，终归诗酒田园。”当历史的天空，暗淡了刀光剑影，远去了鼓角争鸣；当万千的风云变幻，无数的风流人物，都化作一个个历史的墨点——同为看官的我们，且约上三五好友，坐在光阴的客栈，在柴米油盐的间隙间，以史下酒，可闲侃半部春秋，看山花闲开；以史为茶，可闲听一席风雨，任静思闲来。此酒可甜可苦，此茶可淡可浓，狂饮细品、浅斟对酌皆随你。说来简单，只为感悟人间烟火的朴素与珍贵，回归日常生活的诗意与温情。

但见故纸堆里，风吹了三千年，历史与明月同在；木格窗外，云走了九万里，众生与当下同在。原来放下功名利禄，便是诗酒田园，我们且吃茶去。

2020 年 11 月 18 日于合肥

作者简介

那叶青荷，原名黄琼会。素心女子，编辑生涯，生于枞阳，现居合肥。喜欢安静写字，从容生活。愿意今生今世，做个欢喜的人，像植物一样安静生长，四时明媚，静水流深。

安徽省作家协会会员，第八届安徽青年作家研修班学员，曾获方苞文学奖、铜陵文学奖等奖项。著有散文集《世界予我寂静欢喜》《素心花，生活禅》《不肯忘却古人诗》《我见宋词多妩媚》等多部。